Robert E. Howard
Schädelgesicht

Zu diesem Buch:

Die Detektiv-Stories *Schädelgesicht* und *Mond von Zambebwei* des amerikanischen Autors Robert E. Howard wurden in dem US-amerikanische Pulp-Magazin *Weird Tales*, das im März 1923 auf den Markt kam, erstmals veröffentlicht. In dem Magazin, das im Laufe der Zeit einen Kult-Status erlangte, erschienen Science-Fiction-, Fantasy-, Horror- und Detektiv-Stories zahlreicher Autoren. Zu den erfolgreichsten Autoren des Magazins gehörten H. P. Lovecraft, Robert E. Howard und Robert Bloch.

Robert E. Howard, geboren am 22. Januar 1906 in Peaster, Texas, war ein Autor von Abenteuer-, Fantasy- und Detektivgeschichten, die überwiegend in den amerikanischen Pulp-Magazinen der 1930er Jahre (Weird Tales, Strange Detective, Argosy u. a.) veröffentlicht wurden. Seine bekannteste literarische Schöpfung ist der Fantasy-Held Conan, der durch die Verfilmungen der 1980er Jahre mit Arnold Schwarzenegger in der Hauptrolle internationale Bekanntheit erlangte. Howard beendete sein Leben am 11. Juni 1936 im Alter von 30 Jahren durch Selbstmord. Als seine kranke Mutter ins Koma fiel und wenig Hoffnung auf Genesung bestand, stieg er in seinen Wagen und erschoss sich in der Einfahrt seines Hauses. Für seinen Roman *Marchers of Valhalla* wurde Howard im Jahre 1973 postum mit dem *British Fantasy Award* ausgezeichnet.

Robert E. Howard

Schädelgesicht

Detektiv-Stories

Benu Krimi Edition

Schädelgesicht (Original: Skull-Face) und *Mond von Zambebwei (Original: Moon of Zambebwei)* gehören zu den Detektiv-Stories von Robert E. Howard. *Schädelgesicht* wurde erstmals in drei Fortsetzungen in *Weird Tale*s in den Monaten Oktober, November und Dezember 1929 veröffentlicht. *Mond von Zambebwei* erschien auch unter dem Titel *Der grausige Horror (Orignal: The Grisly Horror)*. Unter diesem Titel erfolgte die Erstveröffentlichung in *Weird Tales* im Februar 1935. Das Titelbild dieser Buchausgabe stammt von dem Cover der *Weird Tales*-Ausgabe vom November 1929, in der die zweite Folge von *Schädelgesicht* erschien.

© 2021 für diese Ausgabe:
Benu Krimi Edition
Benu Verlag, B. Schneider, Bauernwiese 14,
31139 Hildesheim, Deutschland
Übersetzung aus dem Englischen: Bernward Schneider
E-Mail: email@benu-verlag.de
www.benu-verlag.de
Covergestaltung: B. Schneider unter Verwendung des Cover der *Weird-Tales*-Ausgabe vom November 1929.
Gesamtherstellung und Druck: Amazon.com
Amazon Distribution GmbH, Leipzig, Deutschland
Benu Krimi Nr. 27
ISBN 978-3-934826-79-3

Inhalt

Schädelgesicht 9

Mond von Zambebwei 151

Schädelgesicht

Inhaltsverzeichnis

1.	Das Gesicht im Nebel	9
2.	Der Haschischsklave	11
3.	Der Meister des Untergangs	16
4.	Die Spinne und die Fliege	21
5.	Der Mann auf der Couch	28
6.	Das Traumgirl	33
7.	Der Mann mit dem Totenkopf	36
8.	Schwarze Weisheit	41
9.	Kathulos von Ägypten	45
10.	Das dunkle Haus	53
11.	Vier Uhr vierunddreißig	63
12.	~~Der Schlag von Fünf~~ Fünt Uhr	66
13.	Der blinde Bettler	72
14.	Das schwarze Imperium	74
15.	Das Zeichen des Tulwar	86
16.	Die Mumie, die lachte	92
17.	Der tote Mann aus dem Meer	98
18.	Der Griff des Skorpions	107
19.	Dunkler Zorn	118
20.	Uralter Schrecken	127
21.	Das Zerbrechen der Kette	140

1. Das Gesicht im Nebel

»Wir sind nichts anderes als eine sich bewegende Reihe von magischen Schattengestalten, die kommen und gehen.«
Omar Khayyam

Der Schrecken nahm zum ersten Mal inmitten des unkonkretesten aller Dinge konkrete Formen an, – in einem Haschischtraum. Ich befand mich auf einer zeit- und raumlosen Reise durch die fremden Länder, die zu diesem Seinszustand gehören, eine Million Meilen von der Erde und allen irdischen Dingen entfernt; und doch wurde ich gewahr, dass etwas durch die unbekannten Weiten griff – etwas, das rücksichtslos an den trennenden Vorhängen meiner Illusionen riss und sich in meine Visionen einmischte.

Ich kehrte nicht gerade in das gewöhnliche Wachleben zurück, aber ich war mir eines Sehens und Erkennens bewusst, das unangenehm war und nicht zu dem Traum zu passen schien, den ich zu diesem Zeitpunkt genoss. Jemandem, der die Wonnen des Haschischs noch nie erlebt hat, muss meine Erklärung chaotisch und unmöglich erscheinen. Dennoch nahm ich ein Zerreißen von Nebel wahr, und dann drängte sich das Gesicht in mein Blickfeld. Zuerst dachte ich, es sei nur ein Schädel; dann sah ich, dass er nicht weiß, sondern scheußlich gelb und mit einer grauenhaften Form von Leben ausgestattet war. Die Augen schimmerten tief in den Höhlen und die Kiefer bewegten sich, als ob sie sprechen würden. Der Körper war, abgesehen von den hohen, dünnen Schultern, vage und undeutlich, aber die Hände, die in den Nebeln vor und unter dem Schädel schwebten, waren schrecklich lebendig und erfüllten mich mit bohrenden Ängsten. Sie waren wie die Hände einer Mumie, lang, mager und gelb, mit knorrigen Gelenken und grausam gekrümmten Krallen.

Dann, um das unbestimmte Grauen zu vervollständigen, das schnell von mir Besitz ergriff, sprach eine Stimme, – stellen Sie sich einen Mann vor, der schon so lange tot war, dass sein Stimmorgan eingerostet und nicht mehr an die Sprache gewöhnt war. Das war der Gedanke, der mir durch den Kopf ging und mir beim Zuhören eine Gänsehaut bereitete.

»Ein starker Kerl und einer, der irgendwie nützlich sein könnte. Sehen Sie zu, dass er so viel Haschisch bekommt, wie er braucht.«

Dann wich das Gesicht zurück, und ich spürte, dass ich das Gesprächsthema war, und der Nebel wogte und begann sich wieder zu schließen. Doch für einen einzigen Augenblick zeichnete sich eine Szene mit verblüffender Klarheit ab. Mir entrang sich ein Keuchen – wenigstens versuchte ich es. Denn über der hohen, seltsamen Schulter der Erscheinung zeichnete sich für einen Augenblick ein anderes Gesicht deutlich ab, als ob dessen Besitzer mich anschaute. Rote Lippen, halb geöffnet, lange dunkle Wimpern, die lebhafte Augen beschatteten, eine schimmernde Haartolle.

Über die Schulter des Schreckens hinweg sah mich für einen Augenblick eine atemberaubende Schönheit an.

2. Der Haschischsklave

»Aus der Mitte der Erde stieg ich durch das siebte Tor auf und setzte mich auf den Thron des Saturn.«
Omar Khayyam

Mein Traum vom Schädelgesicht wurde über jene normalerweise unüberwindbare Kluft getragen, die zwischen Haschischverzauberung und alltäglicher Realität liegt. Ich saß im Schneidersitz auf einer Matte in Yun Shatus Tempel der Träume und sammelte die schwindenden Kräfte meines verfallenden Gehirns für die Aufgabe, mich an Ereignisse und Gesichter zu erinnern.

Dieser letzte Traum war so völlig anders als alle, die ich je zuvor gehabt hatte, dass mein nachlassendes Interesse so weit geweckt wurde, dass ich nach seinem Ursprung zu forschen begann. Als ich anfing, mit Haschisch zu experimentieren, suchte ich nach einer physischen oder psychischen Grundlage für die wilden Illusionsflüge, die damit verbunden waren, aber in letzter Zeit hatte ich mich damit begnügt, zu genießen, ohne nach Ursache und Wirkung zu suchen.

Woher kam dieses unerklärliche Gefühl der Vertrautheit in Bezug auf diese Vision? Ich nahm meinen pochenden Kopf zwischen meine Hände und suchte mühsam nach einem Anhaltspunkt. Ein lebender toter Mann und ein Mädchen von seltener Schönheit, das ihm über die Schulter geschaut hatte. Dann erinnerte ich mich.

Damals, im Nebel der Tage und Nächte, der das Gedächtnis eines Haschischsüchtigen verschleiert, war mir mein Geld ausgegangen. Es schien Jahre oder vielleicht Jahrhunderte her zu sein, aber mein starrer Verstand sagte mir, dass es wahrscheinlich erst vor ein paar Tagen gewesen war. Jedenfalls hatte ich mich wie üblich in Yun Shatus schäbiger Spelunke eingefunden und war von dem großen Neger Hassim hinausgeworfen worden, als man erfuhr, dass ich kein Geld mehr hatte.

Mein Universum war in Stücke zerbrochen, und meine Nerven summten wie gespannte Klavierdrähte wegen der lebenswichtigen Notwendigkeit, von der ich abhängig war. Ich kauerte in der Gosse und brabbelte verzweifelt vor mich hin, bis Hassim herauskam und mein Gejammer mit einem Schlag erstickte, der mich halb betäubte.

Als ich mich dann erhob, taumelnd und ohne einen einzigen Gedanken an den Strom, der mit kühlem Gemurmel so ganz in meiner Nähe dahinfloss, spürte ich eine leichte Hand, die sich wie die Berührung mit einer Rose auf meinen Arm legte. Ich drehte mich mit einem erschrockenen Ausruf um und stand wie gebannt vor dem Anblick der Lieblichkeit, die meinen Blick traf. Dunkle, mitleidserregende Augen musterten mich, und die kleine Hand an meinem zerrissenen Ärmel zog mich zur Tür des Traumtempels. Ich wich zurück, aber eine tiefe Stimme, sanft und musikalisch, drängte mich voran, und erfüllt von einem seltsamen Vertrauen, stolperte ich hinter meiner schönen Führerin her.

An der Tür kam uns Hassim entgegen, mit grausam erhobenen Händen und einem finsteren Blick unter seiner schwarzen Stirn, aber als ich dort kauerte und einen Schlag erwartete, blieb er vor der erhobenen Hand des Mädchens und ihrem Kommandowort stehen, das einen gebieterischen Ton angenommen hatte.

Ich verstand nicht, was sie sagte, aber ich sah schemenhaft wie in einem Nebel, dass sie dem schwarzen Mann Geld gab, und sie führte mich zu einer Couch, auf die sie mich hinlegen hieß und die Kissen arrangierte, als wäre ich der König von Ägypten und nicht ein zerlumpter, schmutziger Junkie, der nur für das Haschisch lebte. Ihre schlanke Hand lag einen Moment lang kühl auf meiner Stirn, dann war sie weg, und Yussef Ali kam mit dem Stoff, nach dem meine Seele schrie, – und bald wanderte ich wieder durch jene fremden und exotischen Länder, die nur ein Junkie kennt.

Als ich nun auf der Matte saß und über den Traum vom Schädelgesicht nachdachte, wunderte ich mich noch mehr. Seit das unbekannte Mädchen mich wieder in die Spelunke geführt hatte, war ich gekommen und gegangen wie zuvor, als ich noch reichlich Geld besessen hatte, um Yun Shatu zu bezahlen. Irgendjemand bezahlte ihn inzwischen für mich, und obwohl mein Unterbewusstsein mir gesagt hatte, dass es das Mädchen war, hatte mein eingerostetes Gehirn es versäumt, die Tatsache vollständig zu erfassen oder sich zu fragen, warum sie es tat. Doch wozu sich wundern? Jemand bezahlte also und die lebhaften Träume gingen weiter, was kümmerte mich anderes? Aber jetzt fragte ich mich, wie es sich wohl verhielt. Denn das Mädchen, das mich vor Hassim beschützt und mir das Haschisch gebracht hatte, war dasselbe Mädchen, das ich in dem Traum mit dem Totenkopfgesicht gesehen hatte.

Durch die Rohheit meiner Erniedrigung hindurch schlug die Verlockung des Mädchens wie ein Messer in mein Herz und erweckte auf seltsame Weise die Erinnerungen an die Tage, als ich noch ein Mann wie andere Männer gewesen war – und noch nicht ein mürrischer, kriechender Sklave, der den Träumen nachjagte. Weit weg und trübe waren diese Tage, schimmernde Inseln im Nebel der Jahre – und was für ein dunkles Meer lag dazwischen!

Ich schaute auf meinen zerlumpten Ärmel und die schmutzige, klauenartige Hand, die aus ihm herausragte; ich schaute durch den hängenden Rauch, der den schmutzigen Raum vernebelte, auf die niedrigen Kojen entlang der Wand, auf denen die ins Leere starrenden Träumer lagen – Sklaven des Haschischs oder des Opiums wie ich. Ich starrte auf die schemenhaften Chinesen, die leise hin und her glitten und Pfeifen trugen, oder über winzigen flackernden Feuern Kugeln aus konzentriertem Fegefeuer rösteten. Ich starrte auf Hassim, der mit verschränkten Armen neben der Tür stand wie eine große Statue aus schwarzem Basalt.

Und ich schauderte und verbarg mein Gesicht in den Händen, denn mit dem schwachen Aufdämmern der zurückkehrenden Männlichkeit wusste ich, dass dieser letzte und grausamste Traum vergeblich war, – ich hatte einen Ozean überquert, über den ich niemals zurückkehren konnte, hatte mich von der Welt der normalen Männer oder Frauen abgeschnitten. Es blieb mir nichts anderes übrig, als diesen Traum zu ertränken, wie ich alle anderen ertränkt hatte – schnell und mit der Hoffnung, dass ich bald den ultimativen Ozean erreichen würde, der jenseits aller Träume liegt. So waren diese flüchtigen Momente der Klarheit, der Sehnsucht, die die Schleier aller Junkies beiseite rissen – unerklärlich und ohne Hoffnung auf Verwirklichung.

Also ging ich zurück in meine leeren Träume, in meine Phantasmagorie der Illusionen; aber manchmal, wie ein Schwert, das den Nebel durchschneidet, schwebte durch die Höhen und Tiefen und Meere meiner Visionen, wie halbvergessene Musik, der Glanz dunkler Augen und schimmernder Haare.

Sie fragen, wie ich, Stephen Costigan, Amerikaner und ein Mann von einiger Bildung und Kultur, dazu kam, in einer dreckigen Spelunke in Londons Limehouse zu liegen? Die Antwort ist einfach: Ich bin kein abgestumpfter Trunkenbold, der in den Geheimnissen des Orients neue Sensationen sucht. Ich antworte: Die Argonnen! Himmel, welche Tiefen und Höhen des Grauens lauern allein in diesem einen Wort! Geschlagen, zerrissen, geschockt! Endlose Tage und Nächte ohne Ende in der brüllenden roten Hölle über dem Niemandsland, wo ich niedergeschossen und bajonettiert in blutigen Fleischfetzen lag. Mein Körper erholte sich, ich weiß nicht, wie; aber mein Geist tat es nicht.

Und die springenden Feuer und sich verschiebenden Schatten in meinem gequälten Gehirn trieben mich tiefer und tiefer und rücksichtslos die Treppe der Erniedrigung hinunter, bis ich endlich in Yun Shatus Tempel der Träume Ruhe fand, wo ich meine roten Träume in anderen Träumen erschlug – Träume von Haschisch, durch die ein Mann in die unteren Gruben der rötesten Höllen hinabsteigen oder in jene unbenennbaren Höhen hinaufsteigen kann, wo die Sterne Diamantenpunkte unter seinen Füßen sind.

Nicht die Visionen Satans, der Bestie, waren die meinen. Ich erreichte das Unerreichbare, stand dem Unbekannten gegenüber und erkannte in kosmischer Gelassenheit das Unbegreifliche. Und war auf gewisse Weise zufrieden, bis der Anblick von glattem Haar und scharlachroten Lippen mein erträumtes Universum hinwegfegte und mich schaudernd in seinen Trümmern zurückließ.

3. Der Meister des Untergangs

»Und Er, der dich ins Feld warf, Er weiß über alles Bescheid – Er weiß! Er weiß es!«
Omar Khayyam

Eine Hand schüttelte mich grob, als ich träge aus meiner letzten Ausschweifung auftauchte.

»Der Meister wünscht dich zu sehen! Steh auf, du Schwein!« Hassim war es, der mich schüttelte und zu mir sprach.

»Zur Hölle mit dem Meister!«, antwortete ich, denn ich hasste Hassim – und fürchtete ihn.

»Hoch mit dir oder du bekommst kein Haschisch mehr«, war die brutale Antwort, und ich erhob mich in zitternder Eile.

Ich folgte dem riesigen schwarzen Mann, und er führte mich zum hinteren Teil des Gebäudes, wobei er zwischen den unglücklichen Träumern auf dem Boden hin und her schritt.

»Alle Mann an Deck!«, brummte ein Matrose in einer Koje. »Alle Mann!«

Hassim stieß die hintere Tür auf und bedeutete mir, einzutreten. Ich war noch nie durch diese Tür gegangen und hatte angenommen, sie führe in Yun Shatus Privatquartier. Aber der Raum war nur mit einem Feldbett, einem Bronzegötzen, vor dem Weihrauch brannte, und einem schweren Tisch ausgestattet.

Hassim warf mir einen finsteren Blick zu und griff nach dem Tisch, als wollte er ihn herumdrehen. Der Tisch drehte sich, als stünde er auf einer Drehscheibe, und ein Teil des Bodens drehte sich mit und gab einen verborgenen Durchgang im Boden frei. In der Dunkelheit führten Stufen nach unten.

Hassim zündete eine Kerze an und forderte mich mit einer brüsken Geste auf, hinabzusteigen. Ich tat dies mit dem trägen Gehorsam eines Drogensüchtigen, und er folgte, wobei er die Tür über uns mit einem eisernen Hebel schloss, der an der Unterseite des Bodens befestigt war. Im Halbdunkel gingen wir die klapprigen Stufen hinunter, etwa neun oder zehn, würde ich sagen, und kamen dann auf einen schmalen Korridor.

Hier übernahm Hassim wieder die Führung und hielt die Kerze hoch vor sich. Ich konnte kaum die Seiten dieses höhlenartigen Ganges sehen, wusste aber, dass er nicht breit war. Das flackernde Licht zeigte, dass er ohne jegliche Einrichtung war, abgesehen von einer Anzahl seltsam aussehender Kisten, die die Wände säumten, – Behälter mit Opium und anderem Rauschgift, nahm ich an.

Ein ständiges Huschen und das gelegentliche Glitzern kleiner roter Augen spukte durch die Schatten und verriet die Anwesenheit einer großen Anzahl der großen Ratten, die das Themseufer in diesem Abschnitt befielen.

Dann tauchten weitere Stufen aus der Dunkelheit vor uns auf, als der Korridor ein abruptes Ende fand. Hassim führte uns den Weg hinauf und klopfte oben viermal gegen etwas, das die Unterseite eines Bodens zu sein schien. Eine versteckte Tür öffnete sich und eine Flut von weichem, trügerischem Licht strömte hindurch.

Hassim drängte mich grob nach oben, und ich fand mich blinzelnd in einer Umgebung, wie ich sie in meinen wildesten Visionen noch nie gesehen hatte. Ich stand in einem Dschungel von Palmen, durch den sich eine Million lebhaft gefärbter Drachen schlängelte! Dann, als sich meine erschrockenen Augen an das Licht gewöhnt hatten, sah ich, dass ich nicht plötzlich auf einen anderen Planeten versetzt worden war, wie ich anfangs gedacht hatte. Die Palmen waren da, und die Drachen auch, aber die Bäume waren künstlich und standen in großen Töpfen, und die Drachen schlängelten sich über schwere Wandteppiche, die die Wände verdeckten.

Der Raum selbst war eine monströse Angelegenheit – unmenschlich groß, so schien es mir. Ein dichter Rauch, gelblich und tropisch anmutend, schien über allem zu hängen, verhüllte die Decke und verstellte den Blick nach oben. Dieser Rauch, so sah ich, ging von einem Altar an der Wand zu meiner Linken aus. Ich fuhr zusammen. Durch den safrangelben Nebel funkelten mich zwei Augen an, abscheulich groß und lebendig. Die vagen Umrisse einer bestialischen Gottheit nahmen undeutlich Gestalt an. Ich ließ meinen Blick unruhig umherschweifen, ließ ihn über die orientalischen Diwane und Sofas und die bizarre Einrichtung gleiten, und dann blieben meine Augen stehen und ruhten auf einer lackierten Leinwand direkt vor mir.

Mein Blick vermochte die Wand nicht zu durchdringen, und kein Geräusch kam von ihrer anderen Seite, und doch spürte ich, wie sich Augen durch sie hindurch in mein Bewusstsein bohrten, Augen, die sich in meine Seele brannten. Eine Aura des Bösen strömte von dieser eigenartigen Leinwand mit ihren seltsamen Schnitzereien und unheiligen Verzierungen aus.

Hassim salbaderte tief vor der Wand und trat dann, ohne zu sprechen, zurück und verschränkte seine Arme vor der Brust, stand dann da wie eine Statue.

Eine Stimme durchbrach plötzlich die schwere und bedrückende Stille. »Du, der du ein Schwein bist, würdest du gerne wieder ein Mann sein?«

Ich erschrak. Der Ton war unmenschlich, kalt – mehr noch, es gab eine Andeutung von langer Nichtbenutzung der Stimmorgane – die Stimme, die ich in meinem Traum gehört hatte!

»Ja«, antwortete ich wie in Trance, »ich möchte wieder ein Mann sein.«

Eine Zeit lang herrschte Stille; dann kam die Stimme wieder, mit einem unheimlichen flüsternden Unterton im Hintergrund, wie Fledermäuse, die durch eine Höhle fliegen.

»Ich werde dich wieder zu einem Mann machen, denn ich bin ein Freund aller gebrochenen Menschen. Nicht für einen Preis werde ich es tun, noch für Dankbarkeit. Und ich gebe dir ein Zeichen, um mein Versprechen und meinen Schwur zu besiegeln. Steck deine Hand durch den Schirm.«

Bei diesen seltsamen und fast unverständlichen Worten stand ich ratlos da, und dann, als die unsichtbare Stimme den letzten Befehl wiederholte, trat ich vor und schob meine Hand durch einen Schlitz, der sich lautlos in dem Wandschirm öffnete. Ich fühlte, wie mein Handgelenk in einem eisernen Griff gepackt wurde, und etwas, das siebenmal kälter als Eis war, berührte die Innenseite meiner Hand. Dann wurde mein Handgelenk losgelassen, und als ich die Hand ausstreckte, sah ich ein seltsames blaues Symbol nahe der Daumenwurzel – etwas, das wie ein Skorpion aussah.

Die Stimme sprach wieder in einer zischenden Sprache, die ich nicht verstand, und Hassim trat ehrerbietig vor. Er griff um den Wandschirm herum, drehte sich dann zu mir und hielt einen Becher mit einer bernsteinfarbenen Flüssigkeit in der Hand, den er mir mit einer ironischen Verbeugung anbot.

Zögernd nahm ich ihn in die Hand.

»Trinke und fürchte dich nicht«, sagte die unsichtbare Stimme. »Es ist nur ein ägyptischer Wein mit lebensspendenden Eigenschaften.«

Ich hob den Kelch und leerte ihn; der Geschmack war nicht unangenehm, und als ich Hassim den Becher zurückreichte, spürte ich, wie neues Leben und neue Kraft durch meine müden Adern pulsierten.

»Bleib im Haus von Yun Shatu«, sagte die Stimme. »Du wirst Essen und ein Bett bekommen, bis du stark genug bist, um für dich selbst zu sorgen. Du wirst kein Haschisch mehr nehmen und auch keines benötigen. Geh!«

Wie benommen folgte ich Hassim zurück durch die verborgene Tür, die Stufen hinunter, den dunklen Korridor entlang und hinauf durch die andere Tür, die uns hinein in den Tempel der Träume ließ.

Als wir aus der hinteren Kammer in den Hauptraum der Träumer traten, wandte ich mich verwundert an den Neger.

»Meister? Meister von was? Des Lebens?«

Hassim lachte, heftig und sardonisch.

»Meister des Verderbens!«

4. Die Spinne und die Fliege

»Da war die Tür, für die ich keinen Schlüssel fand; Da war der Schleier, durch den ich nicht sehen konnte.«
Omar Khayyam

Ich saß auf Yun Shatus Kissen und grübelte mit einer Klarheit des Geistes, die mir neu und fremd war. Was das betrifft, waren alle meine Empfindungen neu und fremd. Ich fühlte mich, als wäre ich aus einem ungeheuer langen Schlaf erwacht, und obwohl meine Gedanken träge waren, hatte ich das Gefühl, als wären die Spinnweben, die sie so lange umwirkt hatten, teilweise weggebürstet worden.

Ich strich mir mit der Hand über die Stirn und merkte, wie sie zitterte. Ich war schwach und zittrig und spürte den Hunger – nicht nach Rauschgift, sondern nach Essen.

Was war in dem Kelch gewesen, den ich in der Kammer des Geheimnisses getrunken hatte? Und warum hatte der »Meister« aus all den anderen Elenden von Yun Shatu ausgerechnet mich zur Regeneration ausgewählt?

Und wer war dieser Meister? Irgendwie kam mir dieses Wort vage bekannt vor – ich versuchte mühsam, mich zu erinnern. Ja, ich hatte es gehört, als ich halb wach in den Kojen oder auf dem Boden lag – geflüstert von Yun Shatu oder von Hassim oder von Yussef Ali, dem braunen Teufel, gemurmelt in ihren leisen Gesprächen und immer vermischt mit Worten, die ich nicht verstehen konnte. War Yun Shatu also nicht der Herr des Tempels der Träume? Ich hatte gedacht, und die anderen Süchtigen dachten, dass der vertrocknete Chinese unangefochten die Herrschaft über dieses düstere

Königreich innehatte und dass Hassim und Yussef Ali seine Diener waren. Und die vier Chinesenjungen, die mit Yun Shatu Opium rösteten, und Yar Khan, der Afghane, und Santiago, der schwarze Haitianer, und Ganra Singh, der abtrünnige Sikh – alle im Sold von Yun Shatu, so nahmen wir an – waren dem Opiumherrn durch Gold oder Furcht verbunden.

Denn Yun Shatu war eine Macht in Londons Chinatown, und ich hatte gehört, dass seine Tentakel über die Meere hinweg bis zu den hohen Stellen der mächtigen und geheimnisvollen Tongs reichten. War das Yun Shatu hinter dem Lackschirm gewesen? Nein; ich kannte die Stimme des Chinesen, und außerdem hatte ich ihn im vorderen Teil des Tempels herumturnen sehen, als ich gerade durch die Hintertür ging.

Ein anderer Gedanke kam mir in den Sinn. Oft hatte ich im Halbschlaf, in den späten Stunden der Nacht oder im frühen Grau der Morgendämmerung, Männer und Frauen in den Tempel schleichen sehen, deren Kleidung und Haltung seltsam deplatziert und unpassend wirkte. Große, aufrechte Männer, oft in Abendgarderobe, die Hüte tief über die Stirn gezogen, und feine Damen, verschleiert, in Seide und Pelz. Nie kamen zwei von ihnen zusammen, sondern immer kamen sie einzeln und eilten, ihre Gesichtszüge verbergend, zur Hintertür, wo sie eintraten und oft gleich wieder herauskamen, aber manchmal auch erst Stunden später. Da ich wusste, dass die Rauschgiftsucht auch in den höheren Kreisen vorkommt, hatte ich mich nie allzu sehr gewundert und angenommen, dass es sich um wohlhabende Männer und Frauen der Gesellschaft handelte, die diesem Verlangen zum Opfer gefallen waren, und dass es irgendwo im hinteren Teil des Gebäudes eine private Kammer für solche Leute gab. Doch nun fragte ich mich – zumal diese Personen manchmal nur kurze Zeit blieben –, ob sie immer wegen des Opiums kamen, oder ob auch sie diesen seltsamen Korridor durchquerten und sich mit dem Einen hinter dem Schirm unterhielten?

Mir schwirrte der Gedanke an einen großen Spezialisten im Kopf herum, zu dem alle Klassen von Menschen kamen, um sich von der Drogensucht zu befreien. Doch es war seltsam, dass ein solcher sich eine Rauschgifthöhle aussuchte, um von dort aus zu arbeiten – seltsam auch, dass der Besitzer des Hauses ihn offenbar mit so viel Ehrfurcht betrachtete.

Ich gab es auf, eine Antwort zu finden, als mein Kopf von der ungewohnten Anstrengung des Denkens zu schmerzen begann, und rief nach dem Essen. Yussef Ali brachte es mir auf einem Tablett, mit einer Schnelligkeit, die mich überraschte. Mehr noch, er salutierte, als er ging, und ließ mich zurück, sodass ich über die seltsame Veränderung meines Status im Tempel der Träume nachgrübeln konnte.

Während ich aß, fragte ich mich, was der Eine hinter der Leinwand von mir wollte. Nicht einen Augenblick lang nahm ich an, dass seine Handlungen aus den Gründen erfolgten, die er vorgab; das Leben in der Unterwelt hatte mich gelehrt, dass keiner ihrer Bewohner zur Philanthropie neigte. Und eine Unterwelt war die Kammer des Geheimnisses gewesen, trotz ihrer ausgeklügelten und bizarren Natur. Aber wo könnte sie sich befinden? Wie weit war ich den Korridor entlang gelaufen? Ich zuckte mit den Schultern und fragte mich, ob das alles nicht nur ein Haschisch-Traum gewesen war; aber dann fiel mein Blick auf meine Hand – und den Skorpion, der darauf abgebildet war.

»Alle Mann antreten!«, brummte der Matrose in der Koje. »Alle Mann!«

Die nächsten Tage in allen Einzelheiten zu erzählen, wäre für jeden langweilig, der die schreckliche Sklaverei des Rauschgifts nicht gekostet hat. Ich wartete darauf, dass mich das Verlangen wieder überkam – wartete mit einer sicheren, höhnischen Hoffnungslosigkeit. Den ganzen Tag, die ganze Nacht – einen weiteren Tag – dann wurde das Wunder meinem zweifelnden Gehirn aufgezwungen. Im Gegensatz zu allen Theorien und vermeintlichen Fakten der Wissenschaft und des gesunden Menschenverstandes hatte mich das Verlangen so plötzlich und vollständig verlassen wie ein schlechter Traum! Zuerst mochte ich meinen Empfindungen kaum trauen, sondern glaubte, ich befände mich immer noch im Griff eines Drogenalbtraums. Aber es war wirklich wahr. Von dem Zeitpunkt an, als ich den Kelch im Raum des Geheimnisses geleert hatte, verspürte ich nicht das geringste Verlangen mehr nach dem Zeug, das für mich das Leben selbst gewesen war.

Dies, so empfand ich vage, war irgendwie unheimlich und verstieß mit Sicherheit gegen alle Regeln der Natur. Wenn das furchtbare Wesen hinter dem Schirm das Geheimnis entdeckt hatte, die schreckliche Kraft des Haschischs zu brechen, welche anderen monströsen Geheimnisse hatte es dann entdeckt und welche undenkbare Herrschaft hatte es inne? Die Ahnung von etwas sehr Bösem kroch schlangenartig durch meinen Geist.

Ich blieb im Haus von Yun Shatu, faulenzte in einer Koje oder auf Kissen, die auf dem Boden ausgebreitet waren, aß und trank nach Belieben, aber jetzt, wo ich wieder ein normaler Mann war, wurde die Atmosphäre für mich höchst abstoßend, und der Anblick der sich in ihren Träumen windenden Elenden erinnerte mich unangenehm an das, was ich selbst gewesen war, und es stieß mich ab, ekelte mich an.

So stand ich eines Tages, als mich niemand beobachtete, auf und ging auf die Straße hinaus, um am Ufer entlang zu gehen. Die Luft, obwohl sie mit Rauch und üblen Gerüchen belastet war, füllte meine Lungen mit einer seltsamen Frische und erweckte neue Kraft in dem, was einst ein kräftiger Körper gewesen war. Die Geräusche der lebenden und arbeitenden Menschen weckten neues Interesse in mir, und der Anblick eines Schiffes, das an einem der Kais entladen wurde, begeisterte mich tatsächlich. Die Zahl der Hafenarbeiter war nicht groß, und bald fand ich mich selbst beim Heben und Tragen, und obwohl mir der Schweiß die Stirn hinunterlief und meine Glieder bei der Anstrengung zitterten, frohlockte ich bei dem Gedanken, dass ich endlich wieder für mich selbst arbeiten konnte, egal wie niedrig oder eintönig die Arbeit auch sein mochte.

Als ich an diesem Abend zur Tür von Yun Shatu zurückkehrte – völlig erschöpft, aber mit dem erneuerten Gefühl der Männlichkeit, das von ehrlicher Anstrengung herrührt – traf mich Hassim an der Tür.

»Wo warst du?«, fragte er grob.

»Ich habe auf den Docks gearbeitet«, antwortete ich kurz.

»Du brauchst nicht auf den Docks zu arbeiten«, knurrte er. »Der Meister hat Arbeit für dich.«

Er wies mir den Weg, und wieder durchquerte ich die dunkle Treppe und den Korridor unter der Erde. Diesmal war mein Verstand wach und ich entschied, dass der Gang nicht länger als dreißig oder vierzig Fuß sein konnte. Wieder stand ich vor dem Lackschirm und wieder hörte ich die unmenschliche Stimme des lebenden Todes.

»Ich kann dir Arbeit geben«, sagte die Stimme. »Bist du bereit, für mich zu arbeiten?«

Ich bejahte schnell. Schließlich war ich trotz der Angst, die mir die Stimme einflößte, dem Besitzer zutiefst zu Dank verpflichtet.

»Gut. Nimm das.«

Als ich mich auf die Leinwand zubewegte, hielt mich ein scharfes Kommando auf, und Hassim trat vor und griff nach hinten, um zu nehmen, was mir angeboten wurde. Es war offenbar ein Bündel von Bildern und Papieren.

»Studiere diese«, sagte der Eine hinter dem Wandschirm, »und lerne alles über den Mann, der darin dargestellt ist. Yun Shatu wird dir Geld geben; kaufe dir solche Kleidung, wie sie Seeleute tragen, und nimm ein Zimmer an der Vorderseite des Tempels. Nach zwei Tagen wird Hassim dich wieder zu mir bringen. Geh!«

Der letzte Eindruck, den ich hatte, als sich die verborgene Tür über mir schloss, war der, dass die Augen des Götzen, die durch den ewigen Rauch blinzelten, mich spöttisch angrinsten.

Die Fassade des Tempels der Träume bestand aus Zimmern, die vermietet wurden, und verbarg den wahren Zweck des Gebäudes unter dem Deckmantel einer Pension am Themsefluss. Die Polizei hatte Yun Shatu mehrmals besucht, aber nie belastende Beweise gegen ihn gefunden.

Also richtete ich mich in einem dieser Räume ein und machte mich an die Arbeit, das mir gegebene Material zu studieren.

Die Bilder waren alle von einem Mann, einem großen Mann, der mir in Körperbau und allgemeinem Gesichtsausdruck nicht unähnlich war, außer dass er einen starken Bart trug und zur Blondheit neigte, während ich dunkel bin. Der Name, wie er auf den Begleitpapieren stand, war Major Fairlan Morley, Sonderkommissar für Natal und Transvaal. Dieses Amt und dieser Titel waren mir neu, und ich wunderte mich über die Verbindung zwischen einem afrikanischen Kommissar und einem Opiumhaus am Themseufer.

Die Papiere bestanden aus umfangreichen Daten, die offensichtlich aus authentischen Quellen kopiert worden waren und alle mit Major Morley zu tun hatten, sowie aus einer Reihe privater Dokumente, die sehr aufschlussreich in Bezug auf das Privatleben des Majors waren.

Es gab eine ausführliche Beschreibung der persönlichen Erscheinung und der Gewohnheiten des Mannes, von denen mir einige sehr trivial erschienen. Ich fragte mich, was der Zweck sein könnte, und wie der Eine hinter dem Wandschirm in den Besitz von Papieren solch intimer Natur gekommen war.

Ich konnte keinen Hinweis auf eine Antwort zu dieser Frage finden, sodass ich mich mit aller Kraft der mir gestellten Aufgabe widmete. Ich war dem Unbekannten, der dies von mir verlangte, zu tiefem Dank verpflichtet, und ich war entschlossen, es ihm nach besten Kräften zurückzuzahlen. Nichts deutete zu diesem Zeitpunkt auf eine Schlinge für mich hin.

5. Der Mann auf der Couch

»Welcher Lanzenmeister hat dich ausgesandt, um im Morgengrauen mit dem Tod zu scherzen?«
Kipling

Nach Ablauf von zwei Tagen winkte mir Hassim, als ich im Opiumzimmer stand. Ich ging mit federndem Schritt voran, in der Gewissheit, dass ich den Morley-Papieren alles Wichtige entnommen hatte. Ich war ein neuer Mann; meine geistige Schnelligkeit und körperliche Bereitschaft überraschten mich – manchmal erschien es mir unnatürlich.

Hassim beäugte mich durch verengte Augenlider und gab mir ein Zeichen, ihm zu folgen, wie er es immer tat. Als wir den Raum durchquerten, fiel mein Blick auf einen Mann, der auf einer Couch nahe der Wand lag und Opium rauchte. Es gab nichts Verdächtiges an seiner zerlumpten, ungepflegten Kleidung, seinem schmutzigen, bärtigen Gesicht oder dem leeren Blick, aber meine Augen, die auf einen abnormalen Punkt geschärft waren, schienen eine gewisse Unstimmigkeit in seinem wohlgeformten Gliederbau zu spüren, den nicht einmal die schlampige Kleidung auslöschen konnte.

Hassim sprach ungeduldig und ich wandte mich ab. Wir betraten den hinteren Raum, und als er die Tür schloss und sich dem Tisch zuwandte, bewegte sich dieser von selbst, und eine Gestalt schob sich durch die verborgene Türöffnung. Der Sikh, Ganra Singh, ein hagerer, finster blickender Riese, tauchte auf und ging zur Tür, die in den Opiumraum führte, wo er stehen blieb, bis wir hinuntergestiegen waren und die geheime Tür geschlossen hatten.

Wieder stand ich inmitten des wogenden gelben Rauchs und lauschte der verborgenen Stimme.

»Glaubst du, genug über Major Morley zu wissen, um dich erfolgreich für ihn auszugeben?«

Erschrocken antwortete ich: »Zweifellos könnte ich das, es sei denn, ich treffe jemanden, der mit ihm eng befreundet ist.«

»Ich werde mich darum kümmern. Höre mir genau zu! Morgen fährst du mit dem ersten Schiff nach Calais. Dort wirst du einen Agenten von mir treffen, der dich sofort beim Betreten der Kais ansprechen und dir weitere Anweisungen geben wird. Du segelst zweiter Klasse und vermeidest jede Konversation mit Fremden oder anderen. Nimm die Papiere mit. Der Agent wird dir helfen, dich zu schminken, und deine Maskerade wird in Calais beginnen. Das ist alles. Geh!«

Ich ging, und meine Verwunderung wuchs. Dieses ganze Tamtam hatte offensichtlich einen Sinn, den ich aber nicht ergründen konnte. Zurück im Opiumzimmer bat mich Hassim, mich auf ein paar Kissen zu setzen und auf seine Rückkehr zu warten. Auf meine Frage hin knurrte er, dass er wie befohlen aufbrechen würde, um mir eine Fahrkarte für das Kanalboot zu kaufen. Er ging, und ich setzte mich, mit dem Rücken an die Wand gelehnt. Während ich so vor mich hin grübelte, schien es mir plötzlich, als seien Augen so intensiv auf mich gerichtet, dass mein Unterbewusstsein gestört wurde. Ich blickte schnell auf, aber niemand schien mich anzuschauen. Der Rauch zog wie immer durch die heiße Atmosphäre; Yussef Ali und der Chinese glitten hin und her und kümmerten sich um die Bedürfnisse der Schläfer.

Plötzlich öffnete sich die Tür zum hinteren Raum, und eine seltsame und scheußliche Gestalt kam zögernd heraus. Nicht alle, die in das Hinterzimmer von Yun Shatu Einlass fanden, waren Aristokraten und Mitglieder der Gesellschaft. Dies war eine der Ausnahmen, und eine, von der ich mich erinnerte, dass sie oft dort ein- und ausgegangen war. Eine große, hagere Gestalt, unförmig und zerlumpt und in unscheinbare Gewänder gehüllt, das Gesicht völlig verborgen. Besser, dass das Gesicht verborgen war, dachte ich, denn ohne Zweifel verbarg die Verhüllung einen grausigen Anblick. Der Mann war ein Leprakranker, dem es irgendwie gelungen war, der Aufmerksamkeit der öffentlichen Wächter zu entgehen, und der gelegentlich in den unteren und geheimnisvolleren Gegenden von East End herumspukte – ein Rätsel selbst für die niedrigsten Bewohner von Limehouse.

Plötzlich spürte mein überempfindlicher Geist eine rasche Spannung in der Luft. Der Leprakranke humpelte in Richtung der Tür. Meine Augen suchten instinktiv die Couch, auf der der Mann lag, der mich einige Zeit vorher misstrauisch gemacht hatte. Ich hätte schwören können, dass die kalten, stählernen Augen bedrohlich blickten, bevor sie zu flackern begannen. Ich ging mit einem Schritt zur Couch und beugte mich über den dort liegenden Mann. Etwas an seinem Gesicht wirkte unnatürlich – eine gesunde Bronze schien unter der Blässe des Teints zu liegen.

»Yun Shatu!«, rief ich. »Ein Spion ist im Haus!«

Dann geschahen die Dinge mit verwirrender Geschwindigkeit. Der Mann auf der Couch richtete sich mit einer tigerartigen Bewegung auf, und in seiner Hand glänzte ein Revolver. Ein sehniger Arm schleuderte mich beiseite, als ich versuchte, mich mit ihm anzulegen, und eine scharfe, entschlossene Stimme ertönte über dem aufkommenden Stimmengewirr.

»Du da! Halt! Halt!« Die Pistole in der Hand des Fremden war auf den Aussätzigen gerichtet, der mit langen Schritten auf die Tür zuging!

Überall herrschte Verwirrung; Yun Shatu schrie lautstark auf Chinesisch, und die vier Chinesenjungen und Yussef Ali stürmten von allen Seiten herein, Messer glitzerten in ihren Händen.

All das sah ich mit unnatürlicher Klarheit, während ich das Gesicht des Fremden beobachtete. Als der fliehende Leprakranke keine Anstalten zum Anzeichen traf, sah ich, wie sich die Augen zu stählernen Punkten der Entschlossenheit verhärteten und den Pistolenlauf entlang visierten – die Züge mit der grimmigen Absicht des Mörders. Der Aussätzige war fast an der Tür, aber der Tod würde ihn niederstrecken, bevor er sie erreichen konnte. Und dann, gerade als sich der Finger des Fremden am Abzug festkrallte, stürzte ich mich nach vorne und meine rechte Faust krachte gegen sein Kinn. Er ging zu Boden wie von einem Hammerschlag getroffen, der Revolver explodierte in der Luft, ohne Schaden anzurichten.

In diesem Augenblick, mit dem blendenden Aufflackern des Lichts, das einem manchmal widerfährt, wusste ich, dass der Aussätzige kein anderer war als der Mann hinter der Leinwand!

Ich beugte mich über den gefallenen Mann, der zwar nicht völlig besinnungslos, aber durch den schrecklichen Schlag vorübergehend hilflos geworden war. Er versuchte benommen aufzustehen, aber ich stieß ihn grob zurück auf den Boden und riss ihm den falschen Bart ab, den er trug. Ein mageres, gebräuntes Gesicht kam zum Vorschein, dessen starke Linien nicht einmal der künstliche Schmutz und die Fettfarbe verändern konnten.

Yussef Ali lehnte sich jetzt über ihn, den Dolch in der Hand, die Augen mörderisch zusammengekniffen. Die braune, sehnige Hand hob sich – ich ergriff das Handgelenk. »Nicht so schnell, du schwarzer Teufel! Was hast du vor?«

»Das ist John Gordon«, zischte er, »der größte Feind des Meisters! Er muss sterben, verflucht noch mal!«

John Gordon! Der Name kam mir irgendwie bekannt vor, und doch schien ich ihn weder mit der Londoner Polizei in Verbindung zu bringen, noch konnte ich mir die Anwesenheit des Mannes in Yun Shatus ~~Dope~~ Opium-Höhle erklären. In einem Punkt war ich jedoch entschlossen.

»Du tötest ihn auf keinen Fall. – Hoch mit Ihnen!« Letzteres zu Gordon, der mit meiner Hilfe hochtaumelte, noch ganz benommen.

»Dieser Schlag hätte einen Stier umgehauen«, sagte ich verwundert; »ich wusste nicht, dass ich solche Kraft in mir habe.«

Der falsche Aussätzige war verschwunden. Yun Shatu stand unbeweglich wie ein Götzenidol vor mir, die Hände in den weiten Ärmeln, und Yussef Ali stand dahinter, murmelte mordlustig und fuchtelte mit seiner Dolchschneide herum, während ich Gordon aus dem Opiumraum und durch die unschuldig wirkende Bar führte, die zwischen diesem Raum und der Straße lag.

Draußen auf der Straße sagte ich zu ihm: »Ich habe keine Ahnung, Sir, wer Sie sind oder was Sie hier tun, aber Sie sehen, was für ein ungesunder Ort das für Sie ist. Nehmen Sie sich meinen Rat zu Herzen und bleiben Sie von hier weg.«

Seine einzige Antwort war ein prüfender Blick, dann drehte er sich um und ging zügig, wenn auch etwas unsicher, die Straße hinauf.

6. Das Traumgirl

»Ich habe dieses Land erst kürzlich erreicht von einem letzten, düsteren Thule.«
Poe

Außerhalb meines Zimmers ertönte ein leichter Schritt. Vorsichtig und langsam drehte sich der Türknauf; die Tür öffnete sich. Mit einem Keuchen richtete ich mich auf. Rote Lippen, halb gescheitelt, dunkle Augen wie kristallklare Meere des Staunens, eine Masse schimmernden Haares – eingerahmt in meinem tristen Türrahmen stand das Mädchen meiner Träume!

Sie trat ein, drehte sich halb um und schloss mit einer geschmeidigen Bewegung die Tür. Ich sprang vor, streckte die Hände aus und hielt inne, als sie einen Finger an die Lippen legte.

»Sie dürfen nicht laut sprechen«, flüsterte sie. »Er hat nicht gesagt, dass ich nicht kommen darf; dennoch –«

Ihre Stimme war weich und musikalisch, mit einem Hauch von ausländischem Akzent, den ich reizvoll fand. Was das Mädchen selbst anbelangt, so verkündete jede Intonation, jede Bewegung den Orient. Sie war ein duftender Hauch aus dem Osten. Von ihrem nachtschwarzen Haar, das hoch über ihrer alabasterfarbenen Stirn aufgetürmt war, bis zu ihren kleinen Füßen, die in hochhackigen, spitzen Pantoffeln steckten, stellte sie das höchste Ideal asiatischer Lieblichkeit dar – eine Wirkung, die durch die englische Bluse und den Rock, die sie trug, eher noch verstärkt als gemildert wurde.

»Sie sind wunderschön!«, sagte ich verwirrt. »Wer sind Sie?«

»Ich bin Zuleika«, antwortete sie mit einem schüchternen Lächeln. »Ich bin froh, dass Sie mich mögen. Ich bin froh, dass Sie keine Haschisch-Träume mehr träumen.«

Seltsam, dass so eine Kleinigkeit mein Herz zu wilden Sprüngen veranlassen konnte.

»Das habe ich alles Ihnen zu verdanken, Zuleika«, sagte ich heiser. »Hätte ich nicht jede Stunde von Ihnen geträumt, seit Sie mich zum ersten Mal aus der Gosse gezogen haben, hätte mir die Kraft gefehlt, auch nur zu hoffen, von meinem Fluch befreit zu werden.«

Sie errötete in reizender Weise und verschränkte ihre weißen Finger wie in Nervosität.

»Sie verlassen morgen England?«, fragte sie plötzlich.

»Ja. Hassim ist noch nicht mit meinem Ticket zurückgekehrt –« Ich zögerte plötzlich und erinnerte mich an das Gebot des Schweigens.

»Ja, ich weiß, ich weiß!«, flüsterte sie schnell und ihre Augen weiteten sich. »Und John Gordon ist hier gewesen! Er hat Sie gesehen!«

»Ja!«

Sie kam mit einer schnellen, geschmeidigen Bewegung auf mich zu.

»Sie sollen sich für einen Mann ausgeben! Hören Sie zu! Während Sie das tun, darf Gordon Sie auf keinen Fall sehen! Er würde Sie erkennen, egal wie Sie sich verkleiden! Er ist ein schrecklicher Mensch!«

»Ich verstehe das nicht«, sagte ich völlig verwirrt. »Wie hat mich der Meister von meiner Haschischsucht befreit? Wer ist dieser Gordon und warum ist er hierher gekommen? Warum geht der Meister als Leprakranker verkleidet – und wer ist er? Und vor allem, warum soll ich mich für einen Mann ausgeben, den ich nie gesehen oder von dem ich nie gehört habe?«

»Ich kann – ich wage nicht, es Ihnen zu sagen!«, flüsterte sie und ihr Gesicht wurde blass. »Ich —«

Irgendwo im Haus ertönten die schwachen Töne eines chinesischen Gongs. Das Mädchen zuckte zusammen wie eine verängstigte Gazelle.

»Ich muss gehen! Er ruft nach mir!«

Sie öffnete die Tür, huschte hindurch und hielt einen Moment inne, um mich mit ihrem leidenschaftlichen Ausruf zu elektrisieren: »Oh, seien Sie vorsichtig, seien Sie sehr vorsichtig, Sahib!«

Dann war sie verschwunden.

7. Der Mann mit dem Totenkopf

»Was der Hammer? Was die Kette? In welchem Schmelzofen war dein Gehirn? Was der Amboss? Welcher furchtbare Griff Welcher tödliche Schrecken umklammert ihn?«
Blake

Eine Weile, nachdem meine schöne und geheimnisvolle Besucherin gegangen war, saß ich in der Meditation. Ich glaubte, endlich auf eine Erklärung für einen Teil des Rätsels gestoßen zu sein, und war mir ganz sicher.

Zu diesem Schluss war ich gekommen: Yun Shatu, der Opium-Lord, war einfach der Agent oder Diener irgendeiner Organisation oder eines Individuums, dessen Arbeit ein weitaus größeres Ausmaß hatte als nur die Versorgung der Drogensüchtigen im Tempel der Träume. Dieser Mann oder diese Männer brauchten Mitarbeiter aus allen Schichten der Bevölkerung; mit anderen Worten, ich wurde in eine Gruppe von Opiumschmugglern gigantischen Ausmaßes hineingeschleust. Gordon hatte zweifellos den Fall untersucht, und allein seine Anwesenheit zeigte, dass es sich nicht um einen gewöhnlichen Fall handelte, denn ich wusste, dass er eine hohe Position bei der englischen Regierung innehatte, obwohl ich nicht wusste, welche genau es war.

Opium oder nicht, ich war entschlossen, meine Verpflichtung gegenüber dem Meister zu erfüllen. Mein moralisches Empfinden war durch die dunklen Wege, die ich zurückgelegt hatte, abgestumpft, und der Gedanke an ein verachtenswertes Verbrechen kam mir nicht in den Sinn. Ich war in der Tat abgehärtet. Mehr noch, die bloße Schuld der Dankbarkeit wurde durch den Gedanken an das Mädchen tausendfach erhöht.

Dem Meister verdankte ich es, dass ich mich auf die Beine stellen und in ihre klaren Augen schauen konnte, wie es ein Mann tun sollte. Wenn er also meine Dienste als Rauschgiftschmuggler wünschte, sollte er sie bekommen. Zweifellos sollte ich mich als ein Mann ausgeben, der in der Regierung so hoch angesehen war, dass die üblichen Maßnahmen der Zollbeamten für unnötig gehalten wurden; sollte ich einen seltenen Traumproduzenten nach England bringen?

Diese Gedanken gingen mir durch den Kopf, als ich die Treppe hinunterging, aber im Hintergrund schwebten immer andere und verlockendere Vermutungen – was war der Grund für das Mädchen hier in dieser schäbigen Spelunke eine Rose in einem Müllhaufen zu sein – und wer war sie?

Als ich die äußere Bar betrat, kam Hassim herein, die Brauen zu einem finsteren Ausdruck des Zorns und, wie ich glaubte, der Angst gebogen. In der Hand hielt er eine gefaltete Zeitung.

»Ich habe dir gesagt, du sollst im Opiumraum warten«, knurrte er.

»Du warst so lange weg, dass ich auf mein Zimmer gegangen bin. Hast du die Fahrkarte?«

Er grunzte nur und schob sich an mir vorbei in den Opiumraum, und als ich an der Tür stand, sah ich, wie er den Boden überquerte und im hinteren Raum verschwand. Ich stand da und war zunehmend verwirrt. Denn als Hassim an mir vorbeigestürmt war, hatte ich einen Artikel auf der Vorderseite des Papiers bemerkt, gegen den sein schwarzer Daumen fest gedrückt war, als wolle er diese besondere Spalte der Nachrichten markieren.

Und mit der unnatürlichen Schnelligkeit des Handelns und Urteilens, die mir in diesen Tagen zu eigen zu sein schien, hatte ich in diesem flüchtigen Augenblick gelesen:

Afrikanischer Spezialkommissar ermordet aufgefunden!
Die Leiche von Major Fairlan Morley wurde gestern in einem verrottenden Schiffsladeraum bei Bordeaux entdeckt ...

Mehr Details erkannte ich nicht, aber das allein reichte, um mich nachdenklich zu machen! Die Angelegenheit schien einen hässlichen Aspekt anzunehmen. Dennoch ...

Ein weiterer Tag verging. Auf meine Nachfragen hin knurrte Hassim, dass die Pläne geändert worden seien und ich nicht nach Frankreich fahren solle. Dann, am späten Abend, kam er und bat mich erneut in das Zimmer des Geheimnisses.

Ich stand vor dem Lackschirm, den gelben Rauch beißend in der Nase, die gewebten Drachen, die sich an den Wandteppichen entlangschlängelten, die Palmen, die sich dicht und bedrückend aufbauten.

»Es ist eine Änderung in unseren Plänen eingetreten«, sagte die verborgene Stimme. »Du wirst nicht segeln, wie es vorher beschlossen war. Aber ich habe eine andere Arbeit, die du tun sollst. Vielleicht entspricht das eher deiner Art von Nützlichkeit, denn ich gebe zu, dass du mich in Bezug auf Scharfsinnigkeit etwas enttäuscht hast. Du hast dich neulich in einer Weise eingemischt, die mir in Zukunft zweifellos große Unannehmlichkeiten bereiten wird.«

Ich sagte nichts, aber ein Gefühl der Verärgerung begann sich in mir zu regen.

»Sogar nach der Zusicherung eines meiner vertrautesten Diener«, fuhr die tonlose Stimme fort, ohne Anzeichen einer Emotion außer einem leicht ansteigenden Ton, »hast du darauf bestanden, meinen tödlichsten Feind freizulassen. Sei in Zukunft vorsichtiger.«

»Ich habe Ihnen das Leben gerettet!«, sagte ich wütend.

»Und allein aus diesem Grund sehe ich über deinen Fehler hinweg – dieses Mal!«

Eine langsame Wut stieg plötzlich in mir auf.

»Dieses Mal! Machen Sie dieses Mal das Beste daraus, denn ich versichere Ihnen, es wird kein nächstes Mal geben. Ich schulde Ihnen eine größere Schuld, als ich je zu begleichen hoffen kann, aber das macht mich nicht zu Ihrem Sklaven. Ich habe Ihr Leben gerettet – die Schuld ist so gut wie beglichen. Gehen Sie Ihren Weg und ich gehe meinen!«

Ein tiefes, abscheuliches Lachen antwortete mir, wie ein reptilienartiges Zischen.

»Du Narr! Du wirst mit der Arbeit deines ganzen Lebens bezahlen! Du sagst, du bist nicht mein Sklave? Ich sage, du bist es – so wie der schwarze Hassim dort neben dir mein Sklave ist – so wie das Mädchen Zuleika meine Sklavin ist, die dich mit ihrer Schönheit betört hat.«

Diese Worte schickten eine Welle von heißem Blut in mein Gehirn, und ich war mir einer Flut von Wut bewusst, die meinen Verstand für eine Sekunde völlig verschlang. So wie in jenen Tagen alle meine Stimmungen und Sinne geschärft und übersteigert schienen, so übertraf jetzt dieser Wutausbruch alles, was ich bisher an Ärger erlebt hatte.

»Höllischer Unhold!«, kreischte ich. »Du Teufel – wer bist du und was hast du mit mir vor? Ich will dich sehen oder sterben!«

Hassim stürzte sich auf mich, aber ich schleuderte ihn zurück und erreichte mit einem Schritt die Leinwand und schleuderte sie mit einer unglaublichen Kraftanstrengung zur Seite. Dann wich ich zurück, die Hände ausgestreckt, schreiend. Eine große, hagere Gestalt stand vor mir, eine Gestalt, die grotesk in ein seidenes Brokatkleid gekleidet war, das bis auf den Boden reichte.

Aus den Ärmeln dieses Kleides ragten Hände hervor, die mich mit kribbelndem Grauen erfüllten – lange, räuberische Hände, mit dünnen, knochigen Fingern und gekrümmten Krallen – mit pergamentfarbener, braungelber Haut, wie die Hände eines längst Verstorbenen.

Die Hände – aber, oh Gott, das Gesicht! Ein Schädel, an dem sich keine Spur von Fleisch zu befinden schien, auf dem aber straffe, braungelbe Haut wuchs, die jede Einzelheit dieses schrecklichen Totenkopfes auszeichnete. Die Stirn war hoch und in gewisser Weise prächtig, aber der Kopf war durch die Schläfen hindurch seltsam schmal, und unter den hohen Brauen schimmerten große Augen wie gelbe Feuersäulen hervor. Die Nase war hochgezogen und sehr dünn; der Mund war nur ein farbloser Spalt zwischen dünnen, grausamen Lippen. Ein langer, knochiger Hals stützte dieses schreckliche Antlitz und vervollständigte die Wirkung eines reptilienartigen Dämons aus einer mittelalterlichen Hölle.

Ich war von Angesicht zu Angesicht mit dem Mann mit dem Totenkopfgesicht meiner Träume!

8. Schwarze Weisheit

»Durch Gedanken eine kriechende Ruine, Durch das Leben ein springender Sumpf. Durch ein gebrochenes Herz in der Brust der Welt, Und dem Ende der Welt Sehnsucht.«
Chesterton

Der schreckliche Anblick vertrieb für einen Moment jeden Gedanken an Rebellion aus meinem Kopf. Mir gefror das Blut in den Adern, und ich stand regungslos da. Ich hörte Hassim hinter mir grimmig lachen. Die Augen in dem leichenhaften Gesicht blitzten mich teuflisch an, und ich erbleichte vor der geballten satanischen Wut in ihnen.

Dann lachte das Grauen zischend.

»Ich erweise dir eine große Ehre, Costigan; unter sehr wenigen, selbst unter meinen eigenen Dienern, kannst du sagen, dass du mein Gesicht gesehen hast und noch lebst. Ich denke, du wirst mir lebend nützlicher sein als tot.«

Ich schwieg, völlig entnervt. Es war schwer zu glauben, dass dieser Mann lebte, denn seine Erscheinung widersprach diesem Gedanken. Er sah so furchtbar aus wie eine Mumie. Doch seine Lippen bewegten sich, wenn er sprach, und seine Augen flammten mit grässlichem Leben.

»Du wirst tun, was ich sage«, sagte er abrupt, und seine Stimme hatte einen befehlenden Ton angenommen. »Du kennst zweifellos Sir Haldred Frenton oder weißt von ihm?«

»Ja.«

Jeder kultivierte Mensch in Europa und Amerika war mit den Reisebüchern von Sir Haldred Frenton, dem Schriftsteller und Glücksritter, vertraut.

»Du wirst heute Abend zu Sir Haldreds Anwesen gehen.«

»Ja?«

»Und ihn töten!«

Ich taumelte buchstäblich. Dieser Befehl war unglaublich – unaussprechlich! Ich war tief gesunken, tief genug, um Opium zu schmuggeln, aber einen Mann zu ermorden, den ich nie gesehen hatte, einen Mann, der für seine guten Taten bekannt war! Das war zu ungeheuerlich, um es überhaupt in Betracht zu ziehen.

»Du weigerst dich nicht?«

Der Ton war so abscheulich und spöttisch wie das Zischen einer Schlange.

»Weigern?«, schrie ich, als ich endlich meine Stimme wiederfand. »Sie leibhaftiger Teufel! Natürlich weigere ich mich! Sie ...«

Etwas in der kalten Sicherheit seines Auftretens ließ mich innehalten – ließ mich in ängstliches Schweigen erstarren.

»Du Narr!«, sagte er ruhig. »Ich habe die Haschisch-Ketten gesprengt – weißt du, wie? In vier Minuten wirst du es wissen und den Tag verfluchen, an dem du geboren wurdest! Hast du es nicht für seltsam gehalten, die Schnelligkeit des Gehirns, die Widerstandsfähigkeit des Körpers – das Gehirn, das rostig und langsam sein sollte, der Körper, der von jahrelangem Missbrauch schwach und träge sein sollte, – der Schlag, der John Gordon niederstreckte, – hast du dich nicht über deine Kraft gewundert? Die Leichtigkeit, mit der du Major Morleys Aufzeichnungen gemeistert hast – hast du dich nicht darüber gewundert? Du Narr, du bist an mich gebunden durch Ketten aus Stahl, Blut und Feuer! Ich habe dich am Leben und bei Verstand gehalten – ich allein. Jeden Tag wurde dir das lebensrettende Elixier in deinen Wein gegeben. Ohne es könntest du nicht leben und deinen Verstand behalten. Und ich und nur ich kenne sein Geheimnis!«

Er blickte auf eine seltsame Uhr, die auf einem Tisch zu seinem Ellenbogen stand.

»Diesmal ließ Yun Shatu das Elixier weg – ich erwartete eine Rebellion. Die Zeit ist nahe – ha, sie schlägt zu!«

Noch etwas anderes sagte er, aber ich hörte es nicht. Ich sah es nicht und fühlte es auch nicht im menschlichen Sinne des Wortes. Ich krümmte mich zu seinen Füßen, schrie und schauderte in den Flammen einer Hölle, von der die Menschen nicht zu träumen wagten.

Ja, jetzt wusste ich es! Er hatte mir einfach eine Droge gegeben, die so stark war, dass sie das Haschisch ertränkte. Meine unnatürliche Fähigkeit war jetzt erklärbar – ich hatte einfach unter dem Reiz von etwas gehandelt, das alle Höllen in sich vereinte, das so stimulierte wie Heroin, dessen Wirkung aber vom Opfer unbemerkt blieb. Was es war, wusste ich nicht, und ich glaubte auch nicht, dass es irgendjemand wusste, außer diesem höllischen Wesen, das mich mit grimmigem Amüsement beobachtete. Aber es hatte mein Gehirn zusammengehalten und meinem System ein Bedürfnis danach eingeflößt, und nun zerriss mein schreckliches Verlangen meine Seele.

Niemals, weder in meinen Momenten des schlimmsten Schocks noch in meinen Momenten der Haschisch-Sucht, hatte ich so etwas erlebt. Ich brannte mit der Hitze von tausend Höllen und fror mit einer Eiseskälte, die hundert Mal kälter war als jedes Eis. Ich stürzte hinab in die tiefsten Gruben der Folter und hinauf auf die höchsten Klippen der Pein – eine Million brüllender Teufel sperrte mich ein, schreiend und stechend. Knochen für Knochen, Ader für Ader, Zelle für Zelle fühlte ich, wie sich mein Körper auflöste und in blutigen Atomen durch das ganze Universum flog – und jede einzelne Zelle war ein ganzes System von bebenden, schreienden Nerven. Und sie sammelten sich aus fernen Leeren und vereinigten sich zu einer noch größeren Pein.

Durch die feurigen blutigen Nebel hörte ich meine eigene Stimme schreien, dann ein monotones Jammern. Schließlich sah ich mit geweiteten Augen einen goldenen Kelch, der von einer klauenartigen Hand gehalten wurde, in mein Blickfeld schwimmen – einen Kelch, der mit einer bernsteinfarbenen Flüssigkeit gefüllt war.

Mit einem bestialischen Kreischen ergriff ich ihn mit beiden Händen, wobei ich schwach spürte, dass der Metallstiel unter meinen Fingern nachgab, und führte den Rand an meine Lippen. Ich trank in rasender Eile, die Flüssigkeit schwappte auf meine Brust.

9. Kathulos von Ägypten

»Die Nacht soll dreimal über dir sein, und der Himmel ein eiserner Griff.«
Chesterton

Der Schädelgesichtige stand da und beobachtete mich kritisch, während ich völlig erschöpft und keuchend auf einer Couch saß. Er hielt den Kelch in der Hand und begutachtete den goldenen Stiel, der völlig zerdrückt war. Das hatten meine wahnsinnigen Finger in dem Augenblick des Trinkens getan.

»Übermenschliche Kraft, selbst für einen Mann in deinem Zustand«, sagte er mit einer Art knarrender Pedanterie. »Ich bezweifle, dass selbst Hassim hier da mithalten könnte. Bist du jetzt bereit für deine Anweisungen?«

Ich nickte, wortlos.

Schon strömte die höllische Kraft des Elixiers durch meine Adern und erneuerte meine ausgebrannte Kraft. Ich fragte mich, wie lange ein Mensch so leben konnte, wie ich es tat, ständig ausgebrannt und künstlich wieder aufgebaut zu werden.

»Du erhältst eine Verkleidung und wirst allein zum Anwesen der Frentons gehen. Niemand vermutet einen Plan gegen Sir Haldred, und dein Eintritt in das Anwesen und das Haus selbst sollte eine vergleichsweise einfache Angelegenheit sein. Du wirst die Verkleidung – die von einzigartiger Natur sein wird – nicht anziehen, bis du bereit bist, das Anwesen zu betreten. Dann begibst du dich in Sir Haldreds Zimmer und tötest ihn, indem du ihm mit bloßen Händen das Genick brichst – das ist unerlässlich –«

Die Stimme dröhnte weiter und gab die grässlichen

Befehle auf eine erschreckend beiläufige und sachliche Art. Der kalte Schweiß stand mir auf der Stirn.

»Du wirst dann das Anwesen verlassen, wobei du darauf achtest, den Abdruck deiner Hand an einer gut sichtbaren Stelle zu hinterlassen, und das Automobil, das an einem sicheren Ort in der Nähe auf dich wartet, wird dich hierher zurückbringen, nachdem du zuvor die Verkleidung abgelegt hast. Ich habe für den Fall von Komplikationen jede Menge Männer, die schwören werden, dass du die ganze Nacht im Tempel der Träume verbracht und ihn nie verlassen hast. Aber hier darf es keine Entdeckung geben! Geh behutsam vor und führe deine Aufgabe sicher aus, denn du kennst die Alternative.«

Ich kehrte nicht in das Opiumhaus zurück, sondern wurde durch verwinkelte Gänge, die mit schweren Wandteppichen behängt waren, in ein kleines Zimmer geführt, in dem nur eine orientalische Couch stand. Hassim gab mir zu verstehen, dass ich hier bis nach Einbruch der Dunkelheit warten sollte und verließ mich dann.

Die Tür war geschlossen, aber ich machte keine Anstalten, nachzusehen, ob sie auch abgeschlossen war. Der Meister mit dem Totenkopfgesicht hielt mich mit stärkeren Fesseln als Schlössern und Riegeln fest.

Auf der Couch sitzend, in der bizarren Umgebung einer Kammer, die ein Zimmer in einem indischen Zenana hätte sein können, sah ich der Tatsache ins Auge und kämpfte meinen Kampf aus. In mir war noch eine Spur von Männlichkeit übrig – mehr, als der Unhold vermutet hatte, und dazu kamen schwarze Verzweiflung und Hoffnungslosigkeit. Ich wählte und entschied mich für meinen einzigen Weg.

Plötzlich öffnete sich leise die Tür. Eine Intuition sagte mir, wen ich erwarten sollte, und ich wurde nicht enttäuscht. Zuleika stand vor mir, eine herrliche Vision – eine Vision, die mich verhöhnte, meine Verzweiflung noch schwärzer machte und mich dennoch mit wilder Sehnsucht und grundloser Freude erfüllte.

Sie trug ein Tablett mit Essen, das sie neben mir abstellte, und dann setzte sie sich auf die Liege, ihre großen Augen auf mein Gesicht gerichtet. Eine Blume in einer Schlangenhöhle war sie, und ihre Schönheit nahm mein Herz in Beschlag.

»Stephen!«, flüsterte sie, und ich erschrak, als sie zum ersten Mal meinen Namen aussprach.

Ihre leuchtenden Augen leuchteten plötzlich mit Tränen und sie legte ihre kleine Hand auf meinen Arm. Ich nahm sie in meine beiden rauen Hände.

»Sie haben dir eine Aufgabe gestellt, die du fürchtest und hasst!«, sagte sie zögernd.

»Ja«, lachte ich fast, »aber ich werde sie noch täuschen! Zuleika, sag mir – was hat das alles zu bedeuten?«

Sie blickte ängstlich um sich.

»Ich weiß nicht alles« – sie zögerte – »deine Notlage ist ganz meine Schuld, aber ich – ich hoffte – Stephen, ich habe dich seit Monaten jedes Mal beobachtet, wenn du zu Yun Shatu kamst. Du hast mich nicht gesehen, aber ich habe dich gesehen, und ich habe in dir nicht den gebrochenen Süchtigen gesehen, den deine Lumpen verkündeten, sondern eine verwundete Seele, eine Seele, die auf den Wällen des Lebens furchtbar zerschrammt wurde. Und aus meinem Herzen heraus bemitleidete ich dich. Als Hassim dich dann an jenem Tag missbrauchte« – wieder stiegen ihr Tränen in die Augen – »konnte ich es nicht ertragen, und ich wusste, wie sehr du unter dem Mangel an Haschisch littest. Also habe ich Yun Shatu bezahlt, und als ich zum Meister ging, ich – ich – oh, du wirst mich dafür hassen!«, schluchzte sie.

»Nein, nein, niemals ...«

»Ich erzählte ihm, dass du ein Mann bist, der ihm von Nutzen sein könnte, und bat ihn, Yun Shatu zu veranlassen, dir zu geben, was du brauchst. Er hatte dich schon bemerkt, denn sein Auge ist das des Sklavenhändlers und die ganze Welt ist sein Sklavenmarkt! Also befahl er Yun Shatu, zu tun, was ich verlangte; und nun – es wäre besser gewesen, du wärst geblieben, wie du warst, mein Freund.«

»Nein! Nein!«, rief ich aus. »Ich habe ein paar Tage der Regeneration gekannt, auch wenn sie falsch war! Ich habe als Mann vor dir gestanden, und das ist wertvoller als alles andere!«

Und alles, was ich für sie empfand, muss aus meinen Augen herausgeschaut haben, denn sie ließ die ihren fallen und errötete. Fragt mich nicht, wie die Liebe zu einem Mann kommt; aber ich wusste, dass ich Zuleika liebte – ich hatte dieses geheimnisvolle orientalische Mädchen geliebt, seit ich sie zum ersten Mal sah – und irgendwie fühlte ich, dass sie in gewissem Maße meine Zuneigung erwiderte. Diese Erkenntnis machte den Weg, den ich gewählt hatte, noch schwärzer und unfruchtbarer; doch – reine Liebe muss einen Mann immer stärken – sie spornte mich zu dem an, was ich tun musste.

»Zuleika«, sagte ich, indem ich eilig sprach, »die Zeit vergeht, und es gibt Dinge, die ich lernen muss; sag mir – wer bist du und warum bleibst du in dieser Höhle des Hades?«

»Ich bin Zuleika – das ist alles, was ich weiß. Ich bin Tscherkessin von Blut und Geburt; als ich noch sehr klein war, wurde ich bei einem türkischen Überfall gefangen genommen und in einem Stambuler Harem aufgezogen; als ich noch zu jung war, um zu heiraten, schenkte mich mein Herr an ihn.«

»Und wer ist er – dieser Mann mit dem Totenkopfgesicht?«

»Er ist Kathulos von Ägypten – das ist alles, was ich weiß. Er ist mein Herr.«

»Ein Ägypter? Was macht er dann in London – warum diese ganze Geheimniskrämerei?«

Sie verschränkte nervös ihre Finger.

»Stephen, bitte sprich leiser; überall hört jemand mit. Ich weiß nicht, wer der Meister ist oder warum er hier ist oder warum er diese Dinge tut. Ich schwöre bei Allah! Wenn ich es wüsste, würde ich es dir sagen. Manchmal kommen vornehm aussehende Männer hierher in das Zimmer, wo der Meister sie empfängt – nicht in das Zimmer, in dem du ihn gesehen hast –, und er lässt mich vor ihnen tanzen und danach ein wenig mit ihnen flirten. Und immer muss ich genau wiederholen, was sie zu mir sagen. Das ist es, was ich immer tun muss – in der Türkei, in den Barbary-Staaten, in Ägypten, in Frankreich und in England. Der Meister hat mich Französisch und Englisch gelehrt und mich in vielen Dingen selbst erzogen. Er ist der größte Zauberer auf der ganzen Welt und kennt alle alten Zauber und alles andere.«

»Zuleika«, sagte ich, »mein Rennen ist bald zu Ende, aber lass mich dich da herausholen – komm mit mir, und ich schwöre, dass ich dich von diesem Unhold wegbringe!«

Sie erschauderte und verbarg ihr Gesicht.

»Nein, nein, ich kann nicht!«

»Zuleika«, fragte ich sanft, »welchen Einfluss hat er auf dich, ist es auch das Rauschgift?«

»Nein, nein!«, wimmerte sie. »Ich weiß es nicht – ich weiß es nicht – aber ich kann nicht – ich kann ihm nie entkommen!«

Ich saß ein paar Augenblicke ratlos da; dann fragte ich: »Zuleika, wo sind wir hier?«

»Dieses Gebäude ist ein verlassenes Lagerhaus hinter dem Tempel des Schweigens.«

»Das dachte ich mir schon. Was ist in den Truhen im Tunnel?«

»Ich weiß es nicht.« Dann begann sie plötzlich leise zu weinen. »Auch du, ein Sklave wie ich – du, der du so stark und gütig bist – oh Stephen, ich kann es nicht ertragen!«

Ich lächelte. »Lehn dich näher heran, Zuleika, und ich werde dir sagen, wie ich diesen Kathulos täuschen werde.«

Sie blickte ängstlich zur Tür.

»Du musst leise sprechen. Ich werde in deinen Armen liegen, und während du so tust, als würdest du mich streicheln, flüsterst du mir deine Worte zu.«

Sie glitt in meine Umarmung, und dort auf der drachenbespannten Couch in diesem Haus des Grauens erfuhr ich zum ersten Mal die Herrlichkeit von Zuleikas schlanker Gestalt, die sich in meine Arme schmiegte – von Zuleikas weicher Wange, die meine Brust drückte. Ihr Duft lag in meiner Nase, ihr Haar in meinen Augen, und meine Sinne taumelten; dann flüsterte ich, die Lippen von ihrem seidigen Haar verdeckt: »Ich werde zuerst Sir Haldred Frenton warnen – dann werde ich John Gordon suchen und ihm von dieser Höhle erzählen. Ich werde die Polizei hierher führen, und du musst genau aufpassen und bereit sein, dich vor ihm zu verstecken – bis wir durchbrechen und ihn töten oder gefangen nehmen können. Dann wirst du frei sein.«

»Aber du!«, keuchte sie und wurde blass. »Du musst das Elixier haben, und nur er –«

»Ich habe einen Weg, ihn zu übertrumpfen«, antwortete ich.

Sie wurde jämmerlich weiß, und ihre weibliche Intuition zog den richtigen Schluss.

»Du wirst dich umbringen!«

Und so sehr es mich schmerzte, ihre Erregung zu sehen, so fühlte ich doch einen quälenden Kitzel, dass sie meinetwegen so fühlte.

Ihre Arme legten sich um meinen Hals. »Nicht, Stephen!«, flehte sie. »Es ist besser, zu leben, selbst ...«

»Nein, nicht zu diesem Preis. Es ist besser, anständig davon zu gehen, solange ich noch meine Männlichkeit habe.«

Sie starrte mich einen Augenblick lang wild an; dann drückte sie ihre roten Lippen plötzlich auf die meinen, sprang auf und floh aus dem Zimmer.

Seltsam, seltsam sind die Wege der Liebe. Zwei gestrandete Schiffe an den Ufern des Lebens, waren wir unweigerlich zusammengetrieben, und obwohl kein Wort der Liebe zwischen uns gefallen war, kannten wir das Herz des anderen – durch Schmutz und Lumpen und durch die Ausstattung des Sklaven hindurch kannten wir das Herz des anderen und liebten vom ersten Augenblick an so natürlich und rein, wie es vom Anfang der Zeit an bestimmt war.

Der Anfang des Lebens jetzt und das Ende für mich, denn sobald ich meine Aufgabe erfüllt hatte, bevor ich wieder die Qualen meines Fluches spürte, sollten Liebe und Leben und Schönheit und Folter zusammen in der strengen Endgültigkeit einer Pistolenkugel ausgelöscht werden, die mein verrottendes Gehirn zerstreute. Besser ein sauberer Tod als –

Die Tür öffnete sich wieder und Yussef Ali trat ein.

»Die Stunde der Abreise ist gekommen«, sagte er knapp. »Erhebe dich und folge mir.«

Ich hatte natürlich keine Ahnung, wie spät es war. In dem Zimmer, das ich bewohnte, öffnete sich kein Fenster – ich hatte überhaupt kein Außenfenster gesehen. Die Räume waren durch Kerzen in Fässern beleuchtet, die von der Decke herabhingen. Als ich mich erhob, warf der schlanke junge Neger einen finsteren Blick in meine Richtung.

»Das geht nur dich etwas an«, sagte er zischend. »Wir sind Diener desselben Meisters – aber das geht nur uns etwas an. Halte dich von Zuleika fern – der Meister hat sie mir in den Tagen des Kaiserreichs versprochen.«

Meine Augen verengten sich zu Schlitzen, als ich in das stirnrunzelnde, gutaussehende Gesicht des Orientalen blickte, und ein solcher Hass wallte in mir auf, wie ich ihn selten gekannt habe. Meine Finger öffneten und schlossen sich unwillkürlich, und der dunkle Mann, der das bemerkte, trat zurück, die Hand im Gürtel.

»Nicht jetzt – es gibt Arbeit für uns beide – später vielleicht.« Dann in einem plötzlichen, kalten Anflug von Hass: »Schwein! Affenmensch! Wenn der Meister mit dir fertig ist, werde ich meinen Dolch in deinem Herzen versenken!«

Ich lachte grimmig.

»Mach schnell, Wüstenschlange, oder ich zerquetsche dein Rückgrat zwischen meinen Händen.«

10. Das dunkle Haus

»Gegen alle menschengemachten Fesseln und eine menschengemachte Hölle – allein – endlich – ohne Hilfe – rebelliere ich!«
Mundy

Ich folgte Yussef Ali durch die verwinkelten Gänge, die Treppe hinunter – Kathulos war nicht im Götzenraum – und durch den Tunnel, dann durch die Räume des Traumtempels und hinaus auf die Straße, wo die Laternen trist durch den Nebel und einen leichten Nieselregen schimmerten. Auf der anderen Straßenseite stand ein Auto, die Vorhänge dicht zugezogen.

»Das ist deines«, sagte Hassim, der sich zu uns gesellt hatte. »Schlendere ganz natürlich hinüber. Verhalte dich nicht auffällig. Der Ort könnte beobachtet werden. Der Fahrer weiß, was zu tun ist.«

Dann drifteten er und Yussef Ali zurück in die Bar, und ich machte einen einzigen Schritt auf den Bordstein zu.

»Stephen!« Eine Stimme, die mein Herz zum Hüpfen brachte, sprach meinen Namen! Eine weiße Hand winkte aus den Schatten einer Türöffnung. Ich schritt schnell dorthin. »Zuleika!«

»Pssst!« Sie umklammerte meinen Arm, drückte mir etwas in die Hand; ich erkannte vage ein kleines goldenes Fläschchen.

»Versteck das, schnell!«, kam ihr dringendes Flüstern. »Komm nicht zurück, sondern geh weg und versteck dich. Das ist voll mit dem Elixier – ich werde versuchen, dir noch mehr zu besorgen, bevor das alles weg ist. Du musst einen Weg finden, mit mir ▄ Kontakt zu halten.«

»Ja, aber woher hast du das?«, fragte ich verblüfft.

»Ich habe es dem Meister gestohlen! Jetzt bitte, ich muss gehen, bevor er mich vermisst.«

Und sie sprang zurück in die Tür und verschwand.

Ich stand unschlüssig da. Ich war mir sicher, dass sie damit nichts Geringeres als ihr Leben riskiert hatte, und ich war hin- und hergerissen von der Angst, was Kathulos ihr antun würde, wenn der Diebstahl entdeckt würde. Aber in das Haus des Geheimnisses zurückzukehren, würde mit Sicherheit Verdacht erregen, und ich könnte meinen Plan ausführen und zurückschlagen, bevor der Totenkopfgesichtige von der Doppelzüngigkeit seiner Sklavin erfuhr.

Also überquerte ich die Straße zu dem wartenden Auto. Der Fahrer war ein Schwarzer, den ich noch nie gesehen hatte, ein schlaksiger Mann von mittlerer Größe. Ich starrte ihn an und fragte mich, wieviel er wohl gesehen hatte. Er gab keinen Hinweis darauf, dass er etwas gesehen hatte, und ich beschloss, dass er, selbst wenn er mich bemerkt hätte, wie ich in den Schatten zurücktrat, weder hätte sehen können, was dort passierte, noch hätte er das Mädchen erkennen können.

Er nickte nur, als ich auf den Rücksitz kletterte, und einen Moment später rasten wir durch die verlassenen und nebelverhangenen Straßen davon. Aus einem Bündel neben mir schloss ich, dass es sich um die von dem Ägypter erwähnte Verkleidung handelte.

Die Empfindungen, die ich während der Fahrt durch die regnerische, neblige Nacht erlebte, wiederzugeben, wäre unmöglich. Ich fühlte mich, als wäre ich bereits tot, und die kahlen und trostlosen Straßen um mich herum waren die Straßen des Todes, über die mein Geist dazu verdammt war, für immer zu wandern. Eine quälende Freude war in meinem Herzen, und trostlose

Verzweiflung – die Verzweiflung eines Verdammten. Nicht, dass der Tod selbst so abstoßend wäre – ein Drogenopfer stirbt zu viele Tode, um vor dem letzten zurückzuschrecken –, aber es war schwer, zu gehen, nachdem die Liebe in mein ödes Leben getreten war. Und ich war noch jung.

Ein sardonisches Lächeln kam über meine Lippen – sie waren auch jung, die Männer, die neben mir im Niemandsland starben. Ich zog meinen Ärmel zurück, ballte die Fäuste und spannte meine Muskeln an. Ich hatte kein überschüssiges Gewicht an meinem Körper, und ein Großteil des festen Fleisches war verkümmert, aber die Sehnen des großen Bizeps ragten immer noch wie eiserne Knoten hervor und schienen auf massive Stärke hinzuweisen. Aber ich wusste, dass meine Kraft falsch war, dass ich in Wirklichkeit ein gebrochener Klotz von einem Mann war, belebt nur durch das künstliche Feuer des Elixiers, ohne das mich ein zartes Mädchen würde umstürzen können.

Das Automobil kam zwischen einigen Bäumen zum Stehen. Wir befanden uns am Rande eines exklusiven Vorortes, und es war schon nach Mitternacht. Durch die Bäume hindurch sah ich ein großes Haus, das sich dunkel gegen die fernen Fackeln des nächtlichen London abhob.

»Hier warte ich«, sagte der Schwarze. »Niemand kann das Automobil von der Straße oder dem Haus aus sehen.«

Ich hielt ein Streichholz so, dass sein Licht außerhalb des Wagens nicht entdeckt werden konnte, untersuchte die »Verkleidung« und konnte ein wahnsinniges Lachen nur schwer unterdrücken. Die Verkleidung war die komplette Haut eines Gorillas! Das Bündel unter den Arm geklemmt, stapfte ich auf die Mauer zu, die das Frenton-Anwesen umgab. Ein paar Schritte und die Bäume, in denen sich der Schwarze mit dem Auto versteckte, verschmolzen zu einer dunklen Masse. Ich glaubte nicht, dass er mich sehen konnte, aber zur Sicherheit ging ich nicht auf das hohe Eisentor an der Vorderseite zu, sondern auf die Mauer an der Seite, wo es kein Tor gab.

In dem Haus war kein Licht zu sehen. Sir Haldred war ein Junggeselle, und ich war sicher, dass die Dienerschaft längst im Bett war. Ich überwand die Mauer mit Leichtigkeit und schlich mich über den dunklen Rasen zu einer Seitentür, immer noch die grausige »Verkleidung« unter dem Arm tragend. Die Tür war verschlossen, wie ich es erwartet hatte, und ich wollte niemanden aufwecken, bevor ich nicht sicher im Haus war, wo der Klang der Stimmen nicht zu jemandem gelangen würde, der mir vielleicht gefolgt war. Ich ergriff den Knauf mit beiden Händen und begann mit meiner unmenschlichen Kraft, ihn langsam zu drehen. Der Schaft drehte sich in meinen Händen, und das Schloss im Inneren zerbrach plötzlich mit einem Geräusch, das wie das Krachen einer Kanone in der Stille war. Noch ein Augenblick, und ich war drinnen und hatte die Tür hinter mir geschlossen.

Ich machte einen einzigen Schritt in der Dunkelheit in die Richtung, in der ich die Treppe vermutete, und blieb stehen, als mir ein Lichtstrahl ins Gesicht blitzte. An der Seite des Strahls fing ich den Schimmer einer Pistolenmündung auf. Dahinter schwebte ein hageres, schattenhaftes Gesicht.

»Bleiben Sie, wo Sie sind, und nehmen Sie die Hände hoch!«

Ich hob die Hände und ließ das Bündel auf den Boden gleiten. Ich hatte diese Stimme nur einmal gehört, aber ich erkannte sie – wusste sofort, dass der Mann, der das Licht hielt, John Gordon war.

»Wie viele sind bei Ihnen?«

Seine Stimme war scharf, befehlend.

»Ich bin allein«, antwortete ich. »Bringen Sie mich in einen Raum, in dem kein Licht von außen zu sehen ist, und ich werde Ihnen einige Dinge erzählen, die Sie wissen wollen.«

Er schwieg; dann forderte er mich auf, das Bündel aufzuheben, trat zur Seite und bedeutete mir, ihm in den nächsten Raum zu folgen. Dort wies er mir den Weg zu einer Treppe, öffnete am oberen Treppenabsatz eine Tür und schaltete das Licht ein.

Ich fand mich in einem Raum wieder, dessen Vorhänge dicht zugezogen waren. Gordons Wachsamkeit hatte während der ganzen Zeit nicht nachgelassen, und nun stand er da, immer noch seinen Revolver auf mich gerichtet. In konventioneller Kleidung entpuppte er sich als hochgewachsener, schlanker, aber kräftig gebauter Mann, größer als ich, aber nicht so schwer, mit stahlgrauen Augen und sauber geschnittenen Zügen. Irgendetwas an dem Mann zog mich an, selbst als ich einen blauen Fleck auf seinem Kieferknochen bemerkte, wo meine Faust bei unserer letzten Begegnung zugeschlagen hatte.

»Ich kann nicht glauben«, sagte er scharf, »dass diese scheinbare Unbeholfenheit und der Mangel an Feingefühl echt sind. Zweifellos haben Sie Ihre eigenen Gründe, warum Sie mich um diese Zeit in einem abgelegenen Raum haben wollen, aber Sir Haldred wird auch jetzt noch wirksam geschützt. Stehen Sie still.«

Die Pistolenmündung gegen meine Brust gepresst, fuhr er mit der Hand über meine Kleidung, um nach versteckten Waffen zu suchen, und schien leicht überrascht, als er keine fand. »Nun gut«, murmelte er wie zu sich selbst, »ein Mann, der ein eisernes Schloss mit bloßen Händen sprengen kann, hat kaum Bedarf an Waffen.«

»Sie verschwenden wertvolle Zeit«, sagte ich ungeduldig. »Ich wurde heute Abend hergeschickt, um Sir Haldred Frenton zu töten.«

»Von wem?«, schleuderte er mir entgegen.

»Von dem Mann, der sich manchmal als Leprakranker verkleidet.«

Er nickte, mit einem Glitzern in den funkelnden Augen. »Mein Verdacht war also richtig.«

»Zweifellos. Hören Sie mir genau zu – wünschen Sie den Tod oder die Verhaftung dieses Mannes?«

Gordon lachte grimmig.

»Für einen, der das Zeichen des Skorpions an der Hand trägt, wäre meine Antwort überflüssig.«

»Dann befolgen Sie meine Anweisungen und Ihr Wunsch wird sich erfüllen.«

Seine Augen verengten sich misstrauisch.

»Das war also der Sinn dieses offenen Eintritts und des Nicht-Widerstehens«, sagte er langsam. »Hat der Stoff, der Ihre Augäpfel weitet, Ihren Verstand so verdreht, dass Sie glauben, mich in einen Hinterhalt locken zu können?«

Ich presste meine Hände gegen die Schläfen. Die Zeit raste, und jeder Augenblick war kostbar – wie sollte ich diesen Mann von meiner Ehrlichkeit überzeugen?

»Hören Sie; mein Name ist Stephen Costigan aus Amerika. Ich war ein Stammgast in Yun Shatus Spelunke und ein Haschischsüchtiger – wie Sie sicher schon erraten haben –, aber eben ein Sklave von stärkerem Dope [Drogen]. Aufgrund dieser Sklaverei erlangte der Mann, den Sie als falschen Aussätzigen kennen und den Yun

Shatu und seine Freunde ›Meister‹ nennen, die Herrschaft über mich und schickte mich hierher, um Sir Haldred zu ermorden – warum, weiß nur Gott. Aber ich habe mir einen Aufschub verschafft, indem ich in den Besitz von diesem Rauschgift gekommen bin, das ich zum Leben brauche, und ich fürchte und hasse diesen Meister. Hören Sie mir zu, und ich schwöre bei allem, was heilig und unheilig ist, dass der falsche Aussätzige in Ihrer Gewalt sein wird, bevor die Sonne aufgeht!«

Ich konnte sehen, dass Gordon ~~trotz~~ trotzdem beeindruckt war.

»Sprechen Sie schnell!«, raunte er.

Dennoch konnte ich seinen Unglauben spüren, und eine Welle der Hoffnungslosigkeit schwappte über mich hinweg.

»Wenn Sie nicht mit mir zusammen handeln wollen«, sagte ich, »lassen Sie mich gehen, und irgendwie werde ich einen Weg finden, zum Meister zu gelangen und ihn zu töten. Meine Zeit ist kurz – meine Stunden sind gezählt und meine Rache muss noch verwirklicht werden.«

»Lassen Sie mich Ihren Plan hören, und zwar schnell«, antwortete Gordon.

»Er ist ganz einfach. Ich werde zum Versteck des Meisters zurückkehren und ihm sagen, dass ich das vollbracht habe, wozu er mich hergeschickt hat. Sie müssen mit Ihren Männern dicht folgen und, während ich den Meister in ein Gespräch verwickle, das Haus umstellen. Dann, auf ein Signal hin, brechen Sie ein und töten oder ergreifen ihn.«

Gordon runzelte die Stirn. »Wo ist dieses Haus?«

»Das Lagerhaus hinter Yun Shatu wurde in einen veritablen orientalischen Palast verwandelt.«

»Das Lagerhaus!«, rief er aus. »Wie kann das sein? Daran hatte ich zuerst gedacht, aber ich habe es sorgfältig von außen untersucht. Die Fenster sind dicht vergittert, und Spinnen haben ihre Netze darüber gebaut. Die Türen sind von außen fest vernagelt, und die Siegel, die das Lagerhaus als verlassen kennzeichnen, sind nie gebrochen oder in irgendeiner Weise zerstört worden.«

»Sie haben sich von unten heraufgetunnelt«, antwortete ich. »Der Tempel der Träume ist direkt mit dem Lagerhaus verbunden.«

»Ich habe die Gasse zwischen den beiden Gebäuden durchquert«, sagte Gordon, »und die Türen des Lagerhauses, die in diese Gasse führen, sind, wie gesagt, von außen zugenagelt, so wie die Besitzer sie verlassen haben. Es gibt offenbar keinerlei Hinterausgang aus dem Tempel der Träume.«

»Ein Tunnel verbindet die Gebäude, mit einer Tür im hinteren Raum von Yun Shatu und der anderen im Götzenraum des Lagerhauses.«

»Ich war in Yun Shatus Hinterzimmer und habe keine solche Tür gefunden.«

»Der Tisch ruht darauf. Ist Ihnen der schwere Tisch in der Mitte des Raumes aufgefallen? Hätten Sie ihn umgedreht, hätte sich die Geheimtür im Boden geöffnet. Also, das ist mein Plan: Ich werde durch den Tempel der Träume hineingehen und den Meister im Götzenraum treffen. Sie werden Männer heimlich vor dem Lagerhaus postieren und andere in der anderen Straße, vor dem Tempel der Träume. Das Gebäude von Yun Shatu liegt, wie Sie wissen, an der Uferpromenade, während das Lagerhaus in der anderen Richtung an einer schmalen Straße liegt, die parallel zum Fluss verläuft. Auf das Signal hin brechen die Männer in dieser Straße die Vorderseite des Lagerhauses auf und stürmen hinein, während gleichzeitig die Männer vor dem Gebäude von Yun Shatu eine Invasion durch den Tempel der Träume durchführen. Diese sollen sich in den hinteren Raum begeben, ohne Gnade jeden erschießen, der sie davon abhalten will, und dort die Geheimtür öffnen, wie ich gesagt habe. Da es meines Wissens nach keinen anderen Ausgang aus dem Versteck des Meisters gibt, werden er und seine Diener zwangsläufig versuchen, durch den Tunnel zu entkommen. So werden wir sie auf beiden Seiten haben.«

Gordon grübelte, während ich sein Gesicht mit atemlosem Interesse studierte.

»Das mag eine Falle sein«, murmelte er, »oder ein Versuch, mich von Sir Haldred wegzulocken, aber –«

Ich hielt meinen Atem an.

»Ich bin von Natur aus ein Spieler«, sagte er langsam. »Ich werde dem folgen, was ihr Amerikaner eine Ahnung nennt – aber Gott helfe Ihnen, wenn Sie mich anlügen!«

Ich richtete mich auf.

»Gott sei Dank! Helfen Sie mir jetzt mit diesem Anzug, denn ich muss ihn tragen, wenn ich zu dem Automobil zurückkehre, das auf mich wartet.«

Seine Augen verengten sich, als ich die schreckliche Maskerade ausschüttelte und mich bereit machte, sie anzuziehen.

»Das zeigt, wie immer, die Handschrift des Meisters. Sie wurden zweifellos angewiesen, Spuren Ihrer Hände zu hinterlassen, die in diesen abscheulichen Handschuhen stecken?«

»Ja, obwohl ich keine Ahnung habe, warum.«

»Ich glaube, ich habe eine Ahnung – der Meister ist bekannt dafür, dass er keine wirklichen Spuren hinterlässt, die seine Verbrechen kennzeichnen, – ein großer Affe entkam früher am Abend aus einem benachbarten Zoo, und es scheint zu offensichtlich für einen bloßen

Zufall zu sein, im Licht dieser Verkleidung. Der Affe hätte die Schuld an Sir Haldreds Tod bekommen.«

Es war leicht, in das Ding hineinzukommen, und die reale Illusion, die es erzeugte, war so perfekt, dass es mir ein Schaudern entlockte, als ich mich im Spiegel betrachtete.

»Es ist jetzt zwei Uhr«, sagte Gordon, »wenn man die Zeit berücksichtigt, die Sie brauchen werden, um nach Limehouse zurückzukehren, und die Zeit, die ich brauche, um meine Männer in Stellung zu bringen, verspreche ich Ihnen, dass das Haus um halb vier dicht umstellt sein wird. Geben Sie mir einen Vorsprung – warten Sie hier, bis ich das Haus verlassen habe, dann komme ich mindestens so schnell wie Sie.«

»Gut!« Ich ergriff impulsiv seine Hand. »Es wird dort zweifellos ein Mädchen sein, das in keiner Weise in die bösen Taten des Meisters verwickelt ist, sondern nur ein Opfer der Umstände ist, wie ich es war. Gehen Sie sanft mit ihr um.«

»Es soll geschehen. Auf welches Signal soll ich achten?«

»Ich habe keine Möglichkeit, Ihnen ein Signal zu geben, und ich bezweifle, dass ein Geräusch im Haus auf der Straße zu hören wäre. Lassen Sie Ihre Männer um Punkt fünf Uhr aufbrechen.«

Ich wandte mich zum Gehen.

»Ein Mann wartet mit einem Wagen auf Sie, nehme ich an? Wird er Verdacht schöpfen?«

»Ich habe eine Möglichkeit, das herauszufinden, und wenn er es tut«, antwortete ich grimmig, »werde ich allein zum Tempel der Träume zurückkehren.«

11. Vier Uhr vierunddreißig

»Zweifelnd, Träume träumend, die kein Sterblicher je zuvor zu träumen wagte.«
Poe

Die Tür schloss sich leise hinter mir, und das große, dunkle Haus tauchte in schärferen Umrissen als je zuvor auf. In gebückter Haltung überquerte ich den nassen Rasen im Laufschritt, ohne Zweifel eine groteske und unheimliche Gestalt, denn jeder Mensch hätte mich auf den ersten Blick für keinen Menschen, sondern für einen riesigen Affen gehalten. So listig hatte sich der Meister das ausgedacht!

Ich erklomm die Mauer, ließ mich auf die Erde dahinter fallen und bahnte mir einen Weg durch die Dunkelheit und den Nieselregen zu der Baumgruppe, die das Automobil verdeckte.

Der schwarze Chauffeur lehnte sich aus dem Vordersitz. Ich atmete schwer und versuchte auf verschiedene Weise, die Handlungen eines Mannes zu simulieren, der gerade kaltblütig gemordet hatte und vom Tatort geflohen war.

»Sie haben nichts gehört, keinen Ton, keinen Schrei?« Ich zischte und griff nach seinem Arm.

»Kein Geräusch außer einem leichten Krachen, als Sie reingegangen sind«, antwortete er. »Sie haben gute Arbeit geleistet – niemand, der auf der Straße vorbeikam, hätte etwas vermuten können.«

»Sind Sie die ganze Zeit im Auto geblieben?«, fragte ich. Als er das bejahte, fasste ich ihn am Knöchel und fuhr mit der Hand über die Schuhsohle; sie war vollkommen trocken, ebenso wie das Bündchen seines Hosenbeins. Zufrieden kletterte ich auf den Rücksitz. Hätte er einen Schritt auf die Erde gemacht, hätten Schuh und Kleidungsstück es mir durch die verräterische Nässe verraten.

Ich befahl ihm, den Motor nicht zu starten, bis ich die Affenhaut entfernt hatte, und dann rasten wir durch die Nacht, und ich wurde Opfer von Zweifeln und Ungewissheiten. Warum sollte Gordon auf das Wort eines Fremden und ehemaligen Verbündeten des Meisters vertrauen? Würde er meine Geschichte nicht als das Geschwätz eines Drogensüchtigen abtun, oder als eine Lüge, um ihn zu umgarnen oder zu täuschen? Aber wenn er mir nicht glaubte, warum hatte er mich dann gehen lassen?

Ich konnte ihm nur vertrauen. Jedenfalls würde das, was Gordon tat oder nicht tat, mein Schicksal letztlich kaum beeinflussen, auch wenn Zuleika mich mit dem ausgestattet hatte, was die Zahl meiner Tage nur verlängern würde. Meine Gedanken kreisten um sie, und stärker als meine Hoffnung auf Rache an Kathulos war die, dass Gordon sie aus den Klauen des Unholds retten könnte. Jedenfalls, dachte ich grimmig, wenn Gordon mich im Stich ließe, hätte ich immer noch meine Hände, und wenn ich sie auf den knochigen Körper des Totenkopfgesichtigen legen könnte –

Plötzlich musste ich an Yussef Ali und seine seltsamen Worte denken, deren Wichtigkeit sich mir aufdrängte: »Der Meister hat sie mir in den Tagen des Reiches versprochen!«

Die Tage des Reiches – was könnte das bedeuten?

Endlich hielt das Automobil vor dem Gebäude, das den Tempel des Schweigens verbarg – jetzt war es dunkel und still. Die Fahrt war mir unendlich lang vorgekommen, und als ich ausstieg, schaute ich auf die Uhr am Armaturenbrett des Wagens. Mein Herz machte einen Sprung – es war vier Uhr vierunddreißig, und wenn mich meine Augen nicht täuschten, sah ich eine Bewegung in den Schatten auf der anderen Straßenseite außerhalb des Scheins der Straßenlampe. Zu dieser Nachtzeit konnte das nur eines von zwei Dingen bedeuten – ein Diener des Meisters, der auf meine Rückkehr wartete, oder Gordon hatte sein Wort gehalten. Der schwarze Chauffeur fuhr weg, und ich öffnete die Tür, durchquerte die verlassene Bar und betrat den Opiumraum. Die Kojen und der Fußboden waren mit den Träumern übersät, denn solche Orte wie dieser kennen weder Tag noch Nacht, wie normale Menschen, sondern alle lagen im tiefen Schlummer.

Die Lampen schimmerten durch den Rauch und eine Stille hing nebelhaft über allem.

12. ~~Der Schlag von Fünf~~ Fünf Uhr

> »Er sah gigantische Spuren des Todes, und manch eine Gestalt des Verderbens.«
> Chesterton

Zwei der China-Boys hockten zwischen den Schmiedefeuern und starrten mich augenzwinkernd an, als ich mich zwischen den liegenden Körpern hindurchschlängelte und mich auf den Weg zur Hintertür machte. Zum ersten Mal durchquerte ich den Korridor allein und fand Zeit, mich wieder über den Inhalt der seltsamen Truhen zu wundern, die die Wände säumten.

Viermaliges Klopfen auf der Unterseite des Bodens, und einen Moment später stand ich im Götzenraum. Ich keuchte vor Erstaunen – die Tatsache, dass mir Kathulos in all seinem Schrecken gegenüber saß, war nicht die Ursache für meinen Ausruf. Bis auf den Tisch, den Stuhl, auf dem das Totenkopfgesicht saß, und den Altar – jetzt ohne Weihrauch – war der Raum vollkommen kahl! Anstelle der kostbaren Wandteppiche, an die ich mich gewöhnt hatte, begegneten meinem Blick triste, unansehnliche Wände des unbenutzten Lagerhauses. Die Palmen, das Götzenidol, der lackierte Paravent – alles war weg.

»Ah, Costigan, du wunderst dich, kein Zweifel.«

Die tote Stimme des Meisters brach in meine Gedanken ein. Seine Schlangenaugen glitzerten bösartig. Die langen gelben Finger schlängelten sich auf dem Tisch.

»Du hast mich für einen vertrauensseligen Narren gehalten, kein Zweifel!«, raunte er plötzlich. »Dachtest du, ich würde dich nicht verfolgen lassen? Du Narr, Yussef Ali war dir jeden Augenblick auf den Fersen!«

Einen Augenblick lang stand ich sprachlos da, wie

erstarrt ~~vom Aufprall~~ nach dem Einschlag dieser Worte ~~auf mein~~ in meinem Gehirn; dann, als ihre Bedeutung klar wurde, stürzte ich mich mit einem Brüllen nach vorn. Im selben Augenblick, bevor sich meine klammernden Finger um das spöttische Grauen auf der anderen Seite des Tisches schließen konnten, stürmten Männer von allen Seiten herbei. Ich wirbelte herum, und mit der Klarheit des Hasses wählte ich aus dem Wirbel wilder Gesichter Yussef Ali aus und schlug ihm meine rechte Faust mit aller Kraft gegen die Schläfe. Noch während er zu Boden fiel, stieß mich Hassim in die Knie und ein Chinese warf mir ein Fangnetz über die Schultern. Ich richtete mich auf und ließ die dicken Stricke platzen, als wären es Schnüre, und dann streckte mich ein Totschläger in den Händen von Ganra Singh betäubt und blutend auf den Boden.

Schlanke, sehnige Hände ergriffen und fesselten mich mit Stricken, die grausam in mein Fleisch schnitten. Als ich aus dem Nebeln der halben Bewusstlosigkeit erwachte, fand ich mich auf dem Altar liegend wieder, mit dem maskierten Kathulos, der wie ein hagerer Elfenbeinturm über mir thronte. In einem Halbkreis standen Ganra Singh, Yar Khan, Yun Shatu und einige andere, die ich als Stammgäste des Tempels der Träume kannte. Jenseits von ihnen – und der Anblick traf mich mitten ins Herz – sah ich Zuleika in einem Türrahmen kauern, ihr Gesicht weiß und die Hände an die Wangen gepresst, in einer Haltung des blanken Entsetzens.

»Ich habe dir nicht ganz getraut«, sagte Kathulos zischend, »deshalb habe ich Yussef Ali geschickt, um dir zu folgen. Er erreichte die Baumgruppe vor dir und folgte dir in das Anwesen und hörte dein sehr interessantes Gespräch mit John Gordon – denn er erklomm die Hauswand wie eine Katze und klammerte sich an das Fenstersims! Der Fahrer hat sich absichtlich verspätet, um Yussef Ali genügend Zeit für seine Rückkehr zu geben – ich habe ohnehin beschlossen, meinen Wohnsitz zu wechseln. Mein Mobiliar ist bereits auf dem Weg in ein anderes Haus, und sobald wir den Verräter beseitigt haben, werden wir auch abreisen und deinem Freund Gordon eine kleine Überraschung bereiten, wenn er um fünf Uhr dreißig kommt.«

Mein Herz machte einen plötzlichen Hüpfer der Hoffnung. Yussef Ali hatte das falsch verstanden, und Kathulos verweilte hier in falscher Sicherheit, während die Londoner Detektivtruppe das Haus bereits lautlos umstellt hatte. Über meine Schulter sah ich Zuleika aus der Tür verschwinden.

Ich beäugte Kathulos, ohne noch zu hören, was er sagte. Es dauerte nicht mehr lange bis fünf Uhr, – wenn er länger trödelte –, aber dann erstarrte ich, als der Ägypter ein Wort sprach und Li Kung, ein hagerer, leichenblasser Chinese, aus dem schweigenden Halbkreis vortrat und aus seinem Ärmel einen langen, dünnen Dolch zog. Meine Augen suchten die Uhr, die immer noch auf dem Tisch stand, und mein Herz sank. Es war immer noch zehn Minuten vor fünf. Mein Tod war nicht so wichtig, denn er beschleunigte nur das Unvermeidliche, aber vor meinem geistigen Auge sah ich Kathulos und seine Mörder fliehen, während die Polizei auf den fünften Schlag wartete.

Das Totenkopfgesicht hielt in einer Ansprache inne und blieb in einer lauschenden Haltung stehen. Ich glaube, seine unheimliche Intuition warnte ihn vor der Gefahr. Er sprach ein schnelles Stakkato-Kommando zu Li Kung, und der Chinese sprang vor, den Dolch über die Brust gehoben.

Die Luft war plötzlich mit dynamischer Spannung

aufgeladen. Die scharfe Dolchspitze schwebte hoch über mir – laut und deutlich ertönte der Pfiff einer Polizeipfeife, und im Gefolge des Tons kam ein furchtbares Krachen von der Front des Lagerhauses!

Kathulos verfiel in eine rasende Aktivität. Befehle zischend wie eine spuckende Katze, sprang er auf die versteckte Tür zu und der Rest folgte ihm. Die Dinge geschahen mit der Geschwindigkeit eines Alptraums. Li Kung war den anderen gefolgt, aber Kathulos warf einen Befehl über die Schulter, woraufhin der Chinese umkehrte und mit erhobenem Dolch und verzweifelter Miene auf den Altar zustürzte, auf dem ich lag.

Ein Schrei durchbrach das Getümmel, und als ich mich verzweifelt herumdrehte, um dem herabfallenden Dolch auszuweichen, erhaschte ich einen Blick auf Kathulos, der Zuleika wegschleppte. Dann stürzte ich mit einem rasenden Ruck vom Altar, gerade als Li Kungs Dolch, der meine Brust streifte, Zentimeter tief in die dunkel gefärbte Oberfläche stieß und dort erzitterte.

Ich war auf die Seite neben der Wand gefallen, und was sich in dem Raum abspielte, konnte ich nicht sehen, aber es schien, als ob ich in der Ferne schwache und grässliche Schreie von Männern hören konnte. Dann riss Li Kung seine Klinge los und sprang tigerartig um das Ende des Altars. Gleichzeitig krachte ein Revolver aus der Türöffnung – der Chinese wirbelte herum – der Dolch flog ihm aus der Hand – und sackte zu Boden.

Gordon kam aus der Türöffnung gerannt, wo wenige Augenblicke zuvor Zuleika gestanden hatte, seine Pistole immer noch rauchend in der Hand. Ihm auf den Fersen waren drei schlaksige, kräftig gebaute Männer in Zivil. Er schnitt meine Fesseln durch und zerrte mich hoch.

»Schnell! Wo sind sie hin?«

Der Raum war bis auf mich, Gordon und seine Männer menschenleer, allerdings lagen zwei tote Männer auf dem Boden.

Ich fand die Geheimtür und nach ein paar Sekunden Suche den Hebel, der sie öffnete. Mit gezogenen Revolvern gruppierten sich die Männer um mich und spähten nervös in das dunkle Treppenhaus. Kein Laut drang aus der völligen Dunkelheit hervor.

»Das ist unheimlich!«, murmelte Gordon. »Ich nehme an, der Meister und seine Diener sind diesen Weg gegangen, als sie das Gebäude verließen – jetzt sind sie sicher nicht mehr hier –, und Leary und seine Männer hätten sie entweder im Tunnel selbst oder im hinteren Raum von Yun Shatu aufhalten müssen. In jedem Fall hätten sie sich inzwischen mit uns in Verbindung setzen müssen.«

»Vorsicht, Sir!«, rief einer der Männer plötzlich, und Gordon schlug mit einem Aufschrei mit seinem Pistolenlauf zu und quetschte das Leben aus einer riesigen Schlange, die lautlos aus der Schwärze unter ihr die Stufen hinaufgekrochen war.

»Lasst uns der Sache auf den Grund gehen«, sagte er und richtete sich auf.

Doch bevor er die erste Treppe betreten konnte, hielt ich ihn auf; denn mit kribbelnder Haut begann ich etwas von dem zu verstehen, was geschehen war – begann die Stille im Tunnel zu verstehen, die Abwesenheit der Detektive, die Schreie, die ich einige Minuten zuvor gehört hatte, während ich auf dem Altar lag. Ich untersuchte den Hebel, der die Tür öffnete, und fand einen weiteren, kleineren Hebel – ich begann zu glauben, dass ich verstand, was diese mysteriösen Truhen im Tunnel enthielten.

»Gordon«, sagte ich heiser, »haben Sie eine elektrische Taschenlampe?«

Einer der Männer brachte eine große Lampe hervor.

»Richten Sie das Licht in den Tunnel, aber da Sie Ihr Leben schätzen, setzen Sie keinen Fuß auf die Stufen.«

Der Lichtstrahl schlug durch die Schatten, erhellte den Tunnel und zeichnete kühn eine Szene, die mich für den Rest meines Lebens verfolgen wird. Auf dem Boden des Tunnels, zwischen den Kisten, die nun offen klafften, lagen zwei Männer, die zum besten Geheimdienst Londons gehörten. Mit verdrehten Gliedmaßen und entsetzlich verzerrten Gesichtern lagen sie da, und über und um sie herum wanden sich in langen, glitzernden Schuppengebilden Dutzende von abscheulichen Reptilien.

Die Uhr schlug fünf.

13. Der blinde Bettler

>»Er schien ein Bettler zu sein, wie man ihn sich wünscht.
>Auf der Suche nach Krusten und Ale.«
>   Chesterton

Die kalte graue Morgendämmerung stahl sich über den Fluss, als wir in der verlassenen Bar des Tempels der Träume standen. Gordon befragte die beiden Männer, die vor dem Gebäude Wache gehalten hatten, während ihre unglücklichen Begleiter hineingingen, um den Tunnel zu erkunden.

»Sobald wir den Pfiff hörten, Sir, stürmten Leary und Murken in die Bar und drangen in den Opiumraum ein, während wir hier an der Bar-Tür auf Befehl warteten. Sofort kamen mehrere zerlumpte Kiffer herausgestürzt und wir schnappten sie uns. Aber sonst kam niemand heraus und wir hörten nichts von Leary und Murken; also warteten wir einfach, bis Sie kamen, Sir.«

»Sie sahen nichts von einem riesigen Neger oder von dem Chinesen Yun Shatu?«

»Nein, Sir. Nach einer Weile kamen die Streifenpolizisten, und wir haben einen Kordon um das Haus gezogen, aber es wurde niemand gesehen.«

Gordon zuckte mit den Schultern; ein paar flüchtige Fragen hatten ihn davon überzeugt, dass es sich bei den Gefangenen um harmlose Süchtige handelte, und er ließ sie frei.

»Sie sind sicher, dass sonst niemand herauskam?«

»Ja, Sir – nein, warten Sie einen Moment. Ein erbärmlicher alter blinder Bettler kam heraus, ganz in Lumpen und Schmutz und mit einem zerlumpten Mädchen, das ihn führte. Wir haben ihn aufgehalten, aber nicht festgehalten – so ein Unglücksrabe kann nicht gefährlich sein.«

»Nein?« Gordon zuckte zusammen. »In welche Richtung ist er gegangen?«

»Das Mädchen führte ihn die Straße hinunter bis zum nächsten Block, dann hielt ein Automobil, sie stiegen ein und fuhren davon, Sir.«

Gordon starrte ihn an.

»Die Dummheit der Londoner Detektivs ist zu Recht zu einem internationalen Witz geworden«, sagte er säuerlich. »Zweifellos ist es Ihnen nie in den Sinn gekommen, dass ein Bettler aus Limehouse in seinem eigenen Automobil herumfährt.«

Dann winkte er ungeduldig den Mann beiseite, der weiter sprechen wollte, und wandte sich mir zu, und ich sah die Linien der Müdigkeit unter seinen Augen.

»Mr. Costigan, wenn Sie in meine Wohnung kommen, können wir vielleicht ein paar weitere Dinge klären.«

14. Das schwarze Imperium

»Oh die neuen Speere, getaucht in Lebensblut, als die Frau vergeblich schrie! Oh, die Tage vor den Engländern! Wann werden diese Tage wieder kommen?«
Mundy

Gordon zündete ein Streichholz an und ließ es abwesend in seiner Hand flackern und erlöschen. Seine türkische Zigarette hing unangezündet zwischen seinen Fingern.

»Das ist die logischste Schlussfolgerung, die man ziehen kann«, sagte er. »Das schwache Glied in unserer Kette war der Mangel an Männern. Aber verflucht, man kann nicht um zwei Uhr morgens eine Armee zusammentrommeln, nicht einmal mit Hilfe von Scotland Yard. Ich fuhr weiter nach Limehouse und gab Befehl, dass mir eine Anzahl von Streifenpolizisten so schnell wie möglich folgen und das Haus absperren sollte. Sie kamen zu spät, um zu verhindern, dass die Diener des Meisters durch die Seitentüren und Fenster hinausschlüpften, was sie leicht tun konnten, da nur Finnegan und Hansen an der Vorderseite des Gebäudes Wache hielten. Sie kamen jedoch rechtzeitig, um den Meister selbst daran zu hindern, auf diese Weise hinauszuschlüpfen – zweifellos verweilte er noch, um seine Verkleidung zu vollenden und wurde auf diese Weise erwischt. Er verdankt seine Flucht seiner List und Kühnheit und der Unachtsamkeit von Finnegan und Hansen. Das Mädchen, das ihn begleitete ...«

»Es war Zuleika, ohne Zweifel.«

Ich antwortete lustlos und fragte mich erneut, welche Fesseln sie an den ägyptischen Zauberer gebunden hatten.

»Sie verdanken ihr Ihr Leben«, raunte Gordon und zündete ein weiteres Streichholz an. »Wir standen im Schatten vor dem Lagerhaus und warteten darauf, dass die Stunde schlug, und wussten natürlich nicht, was in dem Haus vor sich ging, als ein Mädchen an einem der vergitterten Fenster auftauchte und uns anflehte, um Gottes willen etwas zu tun, bevor ein Mann ermordet würde. Also brachen wir sofort ein. Sie war jedoch nicht zu sehen, als wir eintraten.«

»Sie kehrte zweifellos in das Zimmer zurück«, murmelte ich, »und war gezwungen, den Meister zu begleiten. Gott gebe, dass er nichts von ihrer List weiß.«

»Ich weiß nicht«, sagte Gordon und ließ den verkohlten Streichholzstiel fallen, »ob sie unsere wahre Identität erraten hat oder ob sie den Aufruf nur aus Verzweiflung gemacht hat. Der wichtigste Punkt ist jedoch folgender: Die Beweise deuten darauf hin, dass Leary und Murken, als sie den Pfiff hörten, von vorne in das Yun Shatu eindrangen, und zwar im selben Augenblick, in dem meine drei Männer und ich unseren Angriff an der Lagerhausfront starteten. Da wir einige Sekunden brauchten, um die Tür einzuschlagen, ist es logisch anzunehmen, dass sie die Geheimtür gefunden und den Tunnel betreten haben, bevor wir einen Eingang in das Lagerhaus geschaffen hatten. Der Meister, der unsere Pläne im Voraus kannte und wusste, dass eine Invasion durch den Tunnel erfolgen würde, und der schon vor langer Zeit Vorbereitungen für einen solchen Fall getroffen hatte –«

Ein unwillkürlicher Schauer überlief mich.

»- betätigte den Hebel, der die Truhe öffnete – die Schreie, die Sie hörten, als Sie auf dem Altar lagen, waren die Todesschreie von Leary und Murken. Dann ließen der Meister und die anderen den Chinesen zurück, um Sie zu erledigen, stiegen in den Tunnel hinab – so unglaublich es scheint – und schlängelten sich unversehrt zwischen den Schlangen hindurch, betraten Yun Shatus Haus und entkamen von dort, wie ich gesagt habe.«

»Das scheint unmöglich. Warum sollten sich die Schlangen nicht gegen sie wenden?«

Gordon zündete seine Zigarette an und paffte ein paar Sekunden, bevor er antwortete.

»Die Reptilien könnten noch immer ihre volle und abscheuliche Aufmerksamkeit auf die sterbenden Männer gerichtet haben, oder aber – ich bin bei früheren Gelegenheiten mit unbestreitbaren Beweisen für die Beherrschung des Meisters über Tiere und Reptilien selbst der niedrigsten oder gefährlichsten Ordnung konfrontiert worden. Wie er und seine Sklaven unverletzt an diesen schuppigen Unholden vorbeikamen, muss derzeit eines der vielen ungelösten Rätsel bleiben, die diesen seltsamen Mann betreffen.«

Ich rührte mich unruhig in meinem Stuhl. Dann brachte ich einen Punkt zur Sprache, zu dessen Klärung ich in Gordons ordentliche, aber bizarre Wohnung gekommen war.

»Sie haben mir noch nicht gesagt«, sagte ich abrupt, »wer dieser Mann ist und was seine Mission ist.«

»Was die Frage betrifft, wer er ist, kann ich nur sagen, dass er nur mit dem Namen bekannt ist, wie auch Sie ihn nennen – der Meister. Ich habe ihn noch nie unmaskiert gesehen und kenne weder seinen richtigen Namen noch seine Nationalität.«

»Da kann ich Sie ein wenig aufklären«, unterbrach ich ihn. »Ich habe ihn demaskiert gesehen und den Namen gehört, mit dem seine Sklaven ihn anreden.«

Gordons Augen leuchteten und er beugte sich vor.

»Sein Name«, fuhr ich fort, »ist Kathulos und er behauptet, ein Ägypter zu sein.«

»Kathulos!« Gordon wiederholte. »Sie sagen, er behauptet, ein Ägypter zu sein – haben Sie irgendeinen Grund, an seiner Behauptung dieser Nationalität zu zweifeln?«

»Er mag ein Ägypter sein«, antwortete ich langsam, »aber er ist irgendwie anders als jeder Mensch, den ich je gesehen habe oder zu sehen hoffe. Das hohe Alter mag einige seiner Eigenheiten erklären, aber es gibt gewisse lineare Unterschiede, die nach meinen anthropologischen Studien seit seiner Geburt vorhanden sind – Merkmale, die bei jedem anderen Menschen abnormal wären, bei Kathulos aber völlig normal sind. Das klingt paradox, das gebe ich zu, aber um die entsetzliche Unmenschlichkeit dieses Mannes voll zu begreifen, müssten Sie ihn selbst sehen.«

Gordon saß ganz aufmerksam da, während ich schnell das Aussehen des Ägypters skizzierte, wie ich ihn in Erinnerung hatte – und dieses Aussehen war für immer unauslöschlich in mein Gehirn eingebrannt.

Als ich fertig war, nickte er.

»Wie ich schon sagte, habe ich Kathulos nie gesehen, es sei denn, er war als Bettler, Leprakranker oder etwas Ähnliches verkleidet – dann war er ziemlich in Lumpen gehüllt. Dennoch ist auch mir ein seltsamer Unterschied an ihm aufgefallen – etwas, das bei anderen Männern nicht vorhanden ist.«

Gordon tippte mit den Fingern auf sein Knie – eine Angewohnheit von ihm, wenn er tief in ein Problem vertieft war.

»Sie haben nach der Mission dieses Mannes gefragt«, begann er langsam. »Ich werde Ihnen alles sagen, was ich weiß.«

»Meine Stellung bei der britischen Regierung ist einzigartig und eigenartig. Ich habe so etwas wie einen vagabundierenden Auftrag inne – ein Amt, das nur zu dem Zweck geschaffen wurde, um meinen besonderen Bedürfnissen gerecht zu werden. Als Geheimdienstler während des Krieges überzeugte ich die Mächte von der Notwendigkeit eines solchen Amtes und von meiner Fähigkeit, es auszufüllen.

Vor etwas mehr als siebzehn Monaten wurde ich nach Südafrika geschickt, um die Unruhen zu untersuchen, die seit dem Weltkrieg unter den Eingeborenen des Landesinneren wachsen und in letzter Zeit alarmierende Ausmaße angenommen haben. Dort kam ich erstmals auf die Spur dieses Mannes – Kathulos. Ich fand auf Umwegen heraus, dass Afrika von Marokko bis Kapstadt ein brodelnder Kessel der Rebellion geworden war. Der alte, alte Schwur war wieder gemacht worden – die Schwarzen und die Mohammedaner sollten, zusammengeschlossen, die Weißen ins Meer treiben.

Dieser Pakt ist schon früher geschlossen worden, wurde aber bisher immer gebrochen. Jetzt jedoch witterte ich einen riesigen Intellekt und ein monströses Genie hinter dem Schleier, ein Genie, das mächtig genug war, diese Vereinigung zu vollziehen und sie zusammenzuhalten. Ganz auf Andeutungen und vage geflüsterte Hinweise gestützt, verfolgte ich die Spur durch Zentralafrika und nach Ägypten hinauf. Dort stieß ich schließlich auf eindeutige Beweise für die Existenz eines solchen Mannes. Das Geflüster deutete auf einen lebenden Toten hin – einen Mann mit einem Totenkopfgesicht. Ich erfuhr, dass dieser Mann der Hohepriester der mysteriösen Skorpion-Gesellschaft in Nordafrika war. Man nannte ihn »Schädelgesicht«, »der

Meister« oder »der Skorpion«. Auf einer Spur von bestochenen Beamten und gestohlenen Staatsgeheimnissen verfolgte ich ihn schließlich bis Alexandria, wo ich ihn zum ersten Mal in einer Spelunke im Eingeborenenviertel sah – als Leprakranker verkleidet. Ich hörte, wie er von den Eingeborenen deutlich als ›Mighty Scorpion‹ angesprochen wurde, aber er entkam mir.

Dann verschwand jede Spur; die Spur verlor sich völlig, bis mich Gerüchte über seltsame Vorkommnisse in London erreichten und ich nach England zurückkam, um eine scheinbare undichte Stelle im Kriegsministerium zu untersuchen. Wie ich vermutet hatte, war mir der Skorpion vorausgeeilt. Dieser Mann, dessen Ausbildung und Kunstfertigkeit alles übertrifft, was mir je begegnete, ist einfach der Anführer und Anstifter einer weltweiten Bewegung, wie sie die Welt noch nie gesehen hat. Er plant, mit einem Wort, den Umsturz der weißen Rassen! Sein ultimatives Ziel ist ein schwarzes Imperium, mit sich selbst als Herrscher der Welt! Und zu diesem Zweck hat er die Schwarzen, die Braunen und die Gelben zu einer monströsen Verschwörung zusammengeschlossen.«

»Jetzt verstehe ich, was Yussef Ali meinte, als er ›die Tage des Imperiums‹ sagte«, murmelte ich.

»Genau«, raunte Gordon mit unterdrückter Erregung. »Kathulos' Macht ist unbegrenzt und unberechenbar. Wie ein Krake strecken sich seine Tentakel bis in die Höhen der Zivilisation und in die entlegensten Winkel der Welt. Und seine Hauptwaffe ist – Dope! Er hat Europa und zweifellos auch Amerika mit Opium und Haschisch überschwemmt, und trotz aller Bemühungen ist es unmöglich gewesen, die Lücke in den Barrieren zu entdecken, durch die das höllische Zeug kommt. Damit umgarnt und versklavt er Männer und Frauen.

Sie haben mir von den aristokratischen Männern und Frauen erzählt, die Sie in Yun Shatus Spelunke kommen sahen. Zweifelsohne waren sie drogensüchtig – wie ich schon sagte, die Sucht lauert in hohen Kreisen –, ganz gewiss Inhaber von Regierungspositionen, die kamen, um den Stoff zu tauschen, nach dem sie sich sehnten, und im Gegenzug Staatsgeheimnisse, Insider-Informationen und das Versprechen auf Schutz für die Verbrechen des Meisters gaben.

Oh, er arbeitet nicht wahllos! Bevor die schwarze Flut jemals ausbricht, wird er vorbereitet sein; wenn es nach ihm geht, werden die Regierungen der weißen Rassen Bienenwaben der Korruption sein – die stärksten Männer der weißen Rassen werden tot sein. Die Geheimnisse des Krieges der Weißen werden ihm gehören. Wenn es soweit ist, erwarte ich einen gleichzeitigen Aufstand aller farbigen Rassen gegen die weiße Vorherrschaft – Rassen, die im letzten Krieg die Kampfmethoden der Weißen gelernt haben und die, angeführt von einem Mann wie Kathulos und bewaffnet mit den besten Waffen der Weißen, fast unbesiegbar sein werden.

Ein ständiger Strom von Gewehren und Munition ist nach Ostafrika geflossen, und erst als ich die Quelle entdeckte, wurde er gestoppt. Ich fand heraus, dass eine nüchterne und zuverlässige schottische Firma diese Waffen unter die Eingeborenen schmuggelte, und ich fand noch mehr heraus: der Manager dieser Firma war ein Opium-Junkie. Das war genug. Ich sah Kathulos' Hand in der Angelegenheit. Der Manager wurde verhaftet und beging in seiner Zelle Selbstmord – das ist nur einer der vielen Fälle, mit denen ich zu tun habe.

Wiederum der Fall von Major Fairlan Morley. Er hatte, wie ich, einen sehr flexiblen Auftrag und war in den Transvaal geschickt worden, um an demselben Fall zu arbeiten. Er schickte eine Anzahl geheimer Papiere zur sicheren Aufbewahrung nach London. Sie kamen vor einigen Wochen an und wurden in einen Banktresor gelegt. Der Begleitbrief enthielt die ausdrückliche Anweisung, dass sie niemandem außer dem Major selbst ausgehändigt werden sollten, wenn er sie persönlich verlangte, oder im Falle seines Todes mir.

Sobald ich erfuhr, dass er von Afrika aus abgesegelt war, schickte ich vertrauenswürdige Männer nach Bordeaux, wo er beabsichtigte, seine erste Landung in Europa zu machen. Es gelang ihnen nicht, das Leben des Majors zu retten, aber sie bestätigten seinen Tod, denn sie fanden seine Leiche in einem verlassenen Schiff, dessen Rumpf am Strand aufgelaufen war. Man bemühte sich, die Affäre geheim zu halten, aber irgendwie sickerte sie in die Zeitungen, mit dem Ergebnis –«

»Ich beginne zu verstehen, warum ich den unglücklichen Major verkörpern sollte«, unterbrach ich ihn.

»Ganz genau. Mit einem falschen Bart versehen und das schwarze Haar blond gefärbt, hätten Sie sich in der Bank vorgestellt, die Papiere von dem Bankier erhalten, der Major Morley gerade gut genug kannte, um sich von Ihrem Aussehen täuschen zu lassen, und die Papiere wären dann in die Hände des Meisters gelangt.

Ich kann über den Inhalt dieser Papiere nur Vermutungen anstellen, denn die Ereignisse haben sich zu schnell zugetragen, als dass ich sie hätte anfordern und erhalten können. Aber sie müssen sich mit Themen befassen, die eng mit den Aktivitäten von Kathulos verbunden sind. Wie er von ihnen und den Bestimmungen des Begleitschreibens erfahren hat, weiß ich nicht, aber wie ich schon sagte, ist London von seinen Spionen durchsetzt. Auf der Suche nach Hinweisen hielt ich mich oft in Limehouse auf, getarnt, als Sie mich zum ersten Mal sahen. Ich ging oft in den Tempel der Träume und schaffte es sogar einmal, das Hinterzimmer zu betreten, denn ich vermutete eine Art Rendezvous im hinteren Teil des Gebäudes. Das Fehlen eines Ausgangs verwirrte mich und ich hatte keine Zeit, nach Geheimtüren zu suchen, bevor ich von dem riesigen schwarzen Mann, der Hassim heißt, hinausgeworfen wurde, der keinen Verdacht über meine wahre Identität hegte. Ich bemerkte, dass der Aussätzige sehr oft das Yun Shatu betrat oder verließ, und schließlich wurde mir klar, dass dieser vermeintliche Aussätzige ohne den geringsten Zweifel der Skorpion selbst war. In jener Nacht, als Sie mich auf der Couch im Opiumzimmer entdeckten, war ich ohne besonderen Plan dorthin gekommen. Als ich Kathulos gehen sah, beschloss ich, aufzustehen und ihm zu folgen, aber Sie haben mir das verdorben.«

Er befingerte sein Kinn und lachte grimmig.

»Ich war Amateurboxchampion in Oxford«, sagte er, »aber selbst Tom Cribb hätte diesem Schlag nicht standhalten oder ihn austeilen können.«

»Ich bereue es, wie ich nur wenige Dinge bereue.«

»Kein Grund, sich zu entschuldigen. Sie haben mir gleich danach das Leben gerettet – ich war fassungslos, aber nicht zu sehr, um zu wissen, dass dieser braune Teufel Yussef Ali darauf brannte, mir das Herz herauszuschneiden.«

»Wie kamen Sie auf das Anwesen von Sir Haldred Frenton? Und wie kommt es, dass Sie nicht in Yun Shatus Spelunke eingebrochen sind?«

»Ich habe die Spelunke nicht überfallen lassen, weil ich wusste, dass Kathulos irgendwie gewarnt werden und unsere Bemühungen ins Leere laufen würden. Ich war in jener Nacht bei Sir Haldred, weil ich es geschafft habe, zumindest einen Teil jeder Nacht mit ihm zu verbringen, seit er aus dem Kongo zurückgekehrt ist. Ich rechnete mit einem Anschlag auf sein Leben, als ich von seinen eigenen Lippen erfuhr, dass er auf der Grundlage seiner Studien, die er auf dieser Reise gemacht hatte, eine Abhandlung über die geheimen Eingeborenengesellschaften Westafrikas vorbereitete. Er deutete an, dass die Enthüllungen, die er darin machen wollte, gelinde gesagt, sensationell sein könnten. Da es zu Kathulos' Vorteil ist, solche Männer zu vernichten, die in der Lage sein könnten, die westliche Welt auf die drohende Gefahr aufmerksam zu machen, wusste ich, dass Sir Haldred ein gefährdeter Mann war. Auf seiner Reise vom afrikanischen Inland zur Küste wurden zwei Anschläge auf sein Leben verübt. Also stellte ich zwei vertrauenswürdige Männer zur Bewachung ab, und sie sind auch jetzt noch auf ihrem Posten.

Als ich in dem dunklen Haus umherstreifte, hörte ich das Geräusch Ihres Eintretens, und als ich meine Männer warnte, schlich ich mich hinunter, um Sie abzufangen. Zum Zeitpunkt unseres Gesprächs saß Sir Haldred in seinem unbeleuchteten Arbeitszimmer, ein Scotland-Yard-Mann mit gezückter Pistole auf jeder Seite von ihm. Ihre Wachsamkeit erklärt zweifellos, warum Yussef Ali nicht versuchte, was Sie tun sollten. – Irgendetwas in Ihrem Verhalten hat mich überzeugt«, sinnierte er. »Ich gebe zu, dass ich einige böse Momente des Zweifels hatte, als ich in der Dunkelheit, die dem Morgengrauen vorausgeht, vor dem Lagerhaus wartete.«

Gordon erhob sich plötzlich und ging zu einem Tresor, der in einer Ecke des Raumes stand, und zog daraus einen dicken Umschlag hervor.

»Obwohl Kathulos mich bei fast jedem Schritt schachmatt gesetzt hat«, sagte er, »war ich nicht ganz untätig. Ich habe mir die Stammgäste vom Yun Shatu notiert und eine unvollständige Liste der rechten Hand des Ägypters und ihrer Akten zusammengestellt. Was Sie mir erzählt haben, hat es mir ermöglicht, diese Liste zu vervollständigen. Wie wir wissen, sind seine Gefolgsleute über die ganze Welt verstreut, und es gibt möglicherweise Hunderte von ihnen hier in London. Dies ist jedoch eine Liste derer, von denen ich glaube, dass sie zu seinem engsten Rat gehören und jetzt bei ihm in England sind. Er hat Ihnen selbst gesagt, dass nur wenige seiner Anhänger ihn jemals unmaskiert gesehen haben.«

Wir beugten uns gemeinsam über die Liste, auf der folgende Namen standen: »Yun Shatu, Hongkong-Chinese, mutmaßlicher Opiumschmuggler, Hüter des Tempels der Träume, seit sieben Jahren in Limehouse ansässig. Hassim, Ex-Senegalesen-Häuptling, gesucht in Französisch-Kongo wegen Mordes. Santiago, Voodoo-Priester, geflohen aus Haiti unter dem Verdacht von Gräueltaten im Voodoo-Kult. Yar Khan, Afridi, Weiteres unbekannt. Yussef Ali, Sklavenhändler in Marokko, wurde verdächtigt, ein deutscher Spion im Weltkrieg zu sein, ein Anstifter des Fellachen-Aufstandes am oberen Nil. Ganra Singh, Lahore, Indien, Sikh-Schmuggler von Waffen nach Afghanistan, nahm aktiv an den Unruhen in Lahore und Delhi teil – wurde zweimal des Mordes verdächtigt, ein gefährlicher Mann. Stephen Costigan, Amerikaner – seit dem Krieg in England ansässig – rachsüchtig, ein Mann von bemerkenswerter Stärke. Li Kung, Nordchina, Opiumschmuggler.«

Linien waren signifikant durch drei Namen gezogen – meinen, den von Li Kung und den von Yussef Ali. Neben meinem stand nichts, aber nach Li Kungs Namen war kurz in Gordons abschweifenden Buchstaben gekritzelt: »Erschossen von John Gordon während des Überfalls auf Yun Shatu.« Und nach dem Namen von Yussef Ali: »Getötet von Stephen Costigan während des Überfalls auf Yun Shatu.«

Ich lachte vergnügt. Schwarzes Imperium hin oder her, Yussef Ali würde Zuleika niemals in die Arme schließen, denn er war nie von dort aufgestanden, wo ich ihn niedergeschlagen hatte.

»Ich weiß nicht«, sagte Gordon düster, als er die Liste faltete und in den Umschlag steckte, »welche Macht Kathulos hat, die Schwarze und Gelbe zusammenzieht, um ihm zu dienen – die uralte Feinde vereint. Hindus, Moslems und Heiden sind unter seinen Anhängern. Und in den Nebeln des Ostens, wo geheimnisvolle und gigantische Kräfte am Werk sind, kulminiert diese Vereinigung in einem ungeheuren Ausmaß.«

Er blickte auf seine Uhr.

»Es ist fast zehn. Machen Sie es sich hier bequem, Mr. Costigan, während ich Scotland Yard aufsuche und nachsehe, ob man irgendeinen Hinweis auf Kathulos' neues Quartier gefunden hat. Ich glaube, dass sich die Netze um ihn schließen, und mit Ihrer Hilfe verspreche ich Ihnen, dass wir die Bande in spätestens einer Woche ausfindig gemacht haben werden.«

15. Das Zeichen des Tulwars

»Der gefütterte Wolf wälzt sich neben seiner schläfrigen Gefährtin in einem engen Erdloch; doch die mageren Wölfe warten.«
Mundy

Ich saß allein in John Gordons Wohnung und lachte vergnügt. Trotz der anregenden Wirkung des Elixiers lasteten die Strapazen der vergangenen Nacht mit ihrem Schlafverlust und ihren herzzerreißenden Handlungen auf mir. Mein Geist war ein chaotischer Wirbel, in dem sich die Gesichter von Gordon, Kathulos und Zuleika mit betäubender Schnelligkeit veränderten. Die ganze Masse an Informationen, die Gordon mir gegeben hatte, schien durcheinander geraten und unzusammenhängend zu sein.

Durch diesen Zustand hindurch stach eine Tatsache kühn hervor. Ich musste das letzte Versteck des Ägypters finden und Zuleika aus seinen Händen befreien – falls sie noch lebte.

Eine Woche, hatte Gordon gesagt – ich lachte wieder – eine Woche, und ich würde niemandem mehr helfen können. Ich hatte die richtige Menge an Elixier gefunden, die ich verwenden musste – ich kannte die Mindestmenge, die mein System benötigte – und wusste, dass die Flasche höchstens vier Tage reichen würde. Vier Tage! Vier Tage, um die Rattenlöcher von Limehouse und Chinatown zu durchkämmen – vier Tage, um irgendwo in den Labyrinthen von East End das Versteck von Kathulos ausfindig zu machen.

Ich brannte vor Ungeduld, anzufangen, aber die Natur rebellierte, und ich taumelte zu einer Couch, fiel darauf und war sofort eingeschlafen.

Dann rüttelte mich jemand.

»Wachen Sie auf, Mr. Costigan!«

Ich setzte mich auf und blinzelte. Gordon stand über mir, sein Gesicht war verhärmt.

»Da ist Teufelswerk geschehen, Costigan! Der Skorpion hat wieder zugeschlagen!«

Ich sprang auf, noch im Halbschlaf und nur teilweise begreifend, was er sagte. Er half mir in meinen Mantel, schob mir meinen Hut zu, und dann trieb er mich mit festem Griff am Arm aus der Tür und die Treppe hinunter. Die Straßenlaternen brannten; ich hatte unglaublich lange geschlafen.

»Ein logisches Opfer!« Ich war mir bewusst, dass mein Begleiter das sagte. »Er hätte mich sofort benachrichtigen müssen, als er ankam!«

»Ich verstehe nicht –«, begann ich verwirrt.

Wir standen nun am Bordstein, und Gordon rief ein Taxi, wobei er die Adresse eines kleinen, unscheinbaren Hotels in einem noblen Teil der Stadt angab.

»Der Baron Rokoff«, sagte er, während wir mit rasender Geschwindigkeit dahinrasten, »ein russischer Freiberufler, der mit dem Kriegsministerium verbunden ist. Er kehrte gestern aus der Mongolei zurück und ist offenbar untergetaucht. Zweifellos hatte er etwas Entscheidendes über das langsame Erwachen des Ostens erfahren. Er hatte sich noch nicht mit uns in Verbindung gesetzt, und ich hatte bis eben keine Ahnung, dass er in England war.«

»Und Sie erfuhren ...«

»Der Baron wurde in seinem Zimmer gefunden, sein toter Körper auf schreckliche Weise verstümmelt!«

Das respektable und konventionelle Hotel, das der todgeweihte Baron für sein Versteck gewählt hatte, befand sich in einem Zustand leichter Aufregung, die von der Polizei im Zaum gehalten wurde. Die Direktion hatte versucht, die Angelegenheit geheim zu halten, aber irgendwie hatten die Gäste von der Gräueltat erfahren, und viele verließen überstürzt das Hotel – oder bereiteten sich darauf vor, da die Polizei alle zur Untersuchung festhielt.

Das Zimmer des Barons, das sich in der obersten Etage befand, war in einem Zustand, der jeder Beschreibung spottete. Nicht einmal während des Großen Krieges habe ich einen größeren Scherbenhaufen gesehen. Nichts war angerührt worden; alles war noch so, wie es das Zimmermädchen vor einer halben Stunde vorgefunden hatte. Tische und Stühle lagen zertrümmert auf dem Boden, und die Möbel, der Boden und die Wände waren mit Blut bespritzt. Der Baron, ein hochgewachsener, muskulöser Mann, lag in der Mitte des Raumes, ein furchtbarer Anblick. Sein Schädel war bis zu den Brauen gespalten, eine tiefe Wunde unter der linken Achselhöhle hatte seine Rippen durchtrennt, und sein linker Arm hing nur noch an einem Fetzen Fleisch. Das kalte, bärtige Gesicht war in einen Ausdruck unbeschreiblichen Grauens versetzt.

»Es muss eine schwere, gebogene Waffe benutzt worden sein«, sagte Gordon, »so etwas wie ein Säbel, der mit ungeheurer Kraft geschwungen wurde. Sehen Sie, wo ein zufälliger Schlag Zentimeter tief in die Fensterbank eingedrungen ist. Und die dicke Rückenlehne dieses schweren Stuhls ist wie eine Schindel gespalten worden. Ein Säbel, ganz sicher.«

»Ein Tulwar«, murmelte ich, düster. »Erkennen Sie nicht die Handarbeit des zentralasiatischen Schlächters? Yar Khan ist hier gewesen.«

»Der Afghane! Er kam natürlich über die Dächer und stieg mit einem verknoteten Seil, das an etwas am

Dachrand befestigt war, zum Fensterbrett hinunter. Gegen ein Uhr dreißig hörte das Dienstmädchen, als es durch den Korridor ging, einen furchtbaren Tumult im Zimmer des Barons – das Schlagen von Stühlen und einen plötzlichen kurzen Schrei, der abrupt in ein grässliches Glucksen überging und dann verstummte – bis hin zum Geräusch von schweren, seltsam gedämpften Schlägen, wie sie ein Schwert verursachen kann, wenn es tief in menschliches Fleisch getrieben wird. Dann hörten alle Geräusche plötzlich auf.

Sie rief den Verwalter, und die beiden versuchten, die Tür zu öffnen, fanden sie aber verschlossen und erhielten keine Antwort auf ihre Rufe, sondern öffneten sie mit dem Schreibtischschlüssel. Nur die Leiche war da, aber das Fenster war offen. Das ist seltsam anders als Kathulos' übliche Vorgehensweise. Es fehlt ihm an Subtilität. Oft schienen seine Opfer eines natürlichen Todes gestorben zu sein. Ich verstehe das kaum.«

»Ich sehe kaum einen Unterschied im Ergebnis«, antwortete ich. »Es gibt nichts, was man tun kann, um den Mörder zu fassen, so wie es ist.«

»Stimmt«, sagte Gordon finster. »Wir wissen, wer es getan hat, aber es gibt keinen Beweis – nicht einmal einen Fingerabdruck. Selbst wenn wir wüssten, wo sich der Afghane versteckt, und ihn verhaften würden, könnten wir nichts beweisen – es gäbe eine ganze Reihe von Männern, die ein Alibi für ihn schwören würden. Der Baron ist erst gestern zurückgekehrt. Kathulos wusste wahrscheinlich bis heute Abend nichts von seiner Ankunft. Er wusste, dass Rokoff am Morgen seine Anwesenheit bekannt geben und mitteilen würde, was er in Nordasien gelernt hat. Der Ägypter wusste, dass er schnell zuschlagen musste, und da ihm die Zeit fehlte, eine sicherere und aufwendigere Form des Mordes vorzubereiten, schickte er den Afridi mit seinem Tulwar. Wir können nichts tun, wenigstens nicht, bis wir das Versteck des Skorpions entdeckt haben; was der Baron in der Mongolei herausgefunden hat, werden wir nie erfahren, aber dass es mit den Plänen und Bestrebungen von Kathulos zu tun hat, dessen können wir sicher sein.«

Wir gingen wieder die Treppe hinunter und hinaus auf die Straße, begleitet von einem der Scotland-Yard-Männer, Hansen. Gordon schlug vor, dass wir zu seiner Wohnung zurücklaufen sollten, und ich begrüßte die Gelegenheit, um die kühle Nachtluft einige der Spinnweben aus meinem verwirrten Gehirn fortwehen zu lassen.

Als wir die verlassenen Straßen entlanggingen, fluchte Gordon plötzlich heftig.

»Das ist ein wahres Labyrinth, dem wir folgen und das nirgendwo hinführt! Hier, im Herzen der Metropole der Zivilisation, begeht der direkte Feind dieser Zivilisation Verbrechen der abscheulichsten Art und kommt damit durch! Wir sind Kinder, die in der Nacht umherwandern und mit einem unsichtbaren Bösen kämpfen – mit einem leibhaftigen Teufel, von dessen wahrer Identität wir nichts wissen und dessen wahre Absichten wir nur erahnen können. Nie ist es uns gelungen, einen der direkten Handlanger des Ägypters festzunehmen, und die wenigen Dummköpfe und Werkzeuge, die wir eingesperrt haben, sind auf mysteriöse Weise gestorben, bevor sie uns etwas sagen konnten. Ich wiederhole: Welche seltsame Macht hat Kathulos, die diese Männer verschiedener Glaubensrichtungen und Rassen beherrscht? Die Männer, die mit ihm in London sind, sind natürlich größtenteils Abhängige, Sklaven des Rauschgifts, aber seine Tentakel erstrecken sich über den ganzen Osten. Eine gewisse Herrschaft ist seine: die Macht, die den Chinesen Li Kung im Angesicht des sicheren Todes zurückschickte, um Sie zu töten; die Yar Khan, den Moslem, über die Dächer Londons schickte, um zu morden; die Zuleika, die Tscherkessin, in unsichtbaren Fesseln der Sklaverei hält. –

Natürlich wissen wir«, fuhr er nach einem grüblerischen Schweigen fort, »dass es im Osten Geheimgesellschaften gibt, die hinter und über allen Überlegungen von Glaubensbekenntnissen stehen. Es gibt Kulte in Afrika und im Orient, deren Ursprung auf Ophir und den Untergang von Atlantis zurückgeht. Dieser Mann muss eine Macht in einigen oder möglicherweise allen dieser Gesellschaften sein. Außer den Juden kenne ich keine orientalische Rasse, die von den anderen östlichen Rassen so herzlich verachtet wird wie die Ägypter! Und doch haben wir hier einen Mann, einen Ägypter nach seinem eigenen Wort, der das Leben und die Geschicke von orthodoxen Moslems, Hindus, Shintos und Teufelsanbetern kontrolliert. Das ist unnatürlich. –

Haben Sie jemals« – er wandte sich abrupt an mich – »gehört, dass der Ozean im Zusammenhang mit Kathulos erwähnt wird?«

»Noch nie.«

»Es gibt einen weit verbreiteten Aberglauben in Nordafrika, der auf einer sehr alten Legende beruht, dass der große Führer der farbigen Rassen aus dem Meer kommen würde! Und ich hörte einmal einen Berber vom Skorpion als ›Sohn des Ozeans‹ sprechen.«

»Das ist ein Ausdruck des Respekts bei diesem Stamm, nicht wahr?«

»Ja; trotzdem wundere ich mich manchmal.«

16. Die Mumie, die lachte

»Lachend wie übersäte Schädel, die liegen. Nach verlorenen Schlachten sich dem Himmel zuwenden. Ein immer währendes Lachen.«
Chesterton

»Ein so spät geöffneter Laden«, bemerkte Gordon plötzlich.

Ein Nebel hatte sich über London gelegt, und in der ruhigen Straße, die wir durchquerten, schimmerten die Lichter in dem eigentümlichen rötlichen Dunst, der für solche Witterungsverhältnisse charakteristisch ist. Unsere Schritte hallten dumpf wider. Selbst im Herzen einer großen Stadt gibt es immer Abschnitte, die übersehen und vergessen scheinen. Eine solche Straße war diese. Nicht einmal ein Polizist war in Sicht.

Der Laden, der Gordons Aufmerksamkeit erregt hatte, lag direkt vor uns, auf derselben Straßenseite. Über der Tür befand sich kein Schild, nur eine Art Emblem, so etwas wie ein Drache. Licht strömte aus der offenen Tür und den kleinen Schaufenstern auf jeder Seite. Da es sich weder um ein Café noch um den Eingang zu einem Hotel handelte, rätselten wir über den Grund der Öffnung. Normalerweise hätte wohl keiner von uns einen Gedanken daran verschwendet, aber unsere Nerven waren so angespannt, dass wir instinktiv misstrauisch gegenüber allem Ungewöhnlichen waren.

Dann geschah etwas, das ganz und gar eigenartig war.

Ein sehr großer, sehr dünner, stark gebückter Mann tauchte plötzlich aus dem Nebel vor uns auf, jenseits des Ladens. Ich konnte nur einen Blick auf ihn werfen und gewann einen Eindruck von unglaublicher Hagerkeit, von abgetragenen, zerknitterten Kleidern, einem hohen Seidenhut, der dicht über die Brauen gezogen war, einem Gesicht, das durch einen Muff völlig verdeckt war; dann wandte er sich zur Seite und betrat den Laden. Ein kalter Wind flüsterte die Straße hinunter und verdrehte den Nebel zu feinen Gespenstern, aber die Kälte, die mich überkam, übertraf die des Windes.

»Gordon!«, rief ich mit grimmiger, leiser Stimme aus; »meine Sinne sind nicht mehr zuverlässig, oder Kathulos selbst ist gerade in dieses Haus gegangen!«

Gordons Augen leuchteten. Wir waren jetzt nahe am Laden, und indem er seine Schritte zu einem Lauf verlängerte, stürzte er sich in die Tür, der Detektiv und ich dicht hinter ihm. einander.

Ein seltsames Sortiment an Waren begegnete unseren Augen. Antike Waffen bedeckten die Wände, und auf dem Boden türmten sich kuriose Dinge. Maori-Götzen schulterten chinesische Räucherstäbchen, und mittelalterliche Rüstungen drängten sich dunkel gegen Stapel von seltenen orientalischen Teppichen und Schals aus lateinischer Produktion. Der Ort war ein Antiquitätengeschäft. Von der Gestalt, die unser Interesse geweckt hatte, sahen wir nichts.

Ein alter Mann, bizarr gekleidet in einem roten Fez, broschierter Jacke und türkischen Pantoffeln, kam aus dem hinteren Teil des Ladens; er war eine Art Levantiner.

»Wünschen Sie etwas, meine Herren?«

»Sie haben ziemlich spät geöffnet«, sagte Gordon abrupt, wobei seine Augen den Laden nach einem geheimen Versteck absuchten, in dem sich das Objekt unserer Suche verbergen könnte.

»Ja, Sir. Zu meinen Kunden zählen viele exzentrische Professoren und Studenten, die sehr unregelmäßige

Arbeitszeiten haben. Oft laden die Nachtboote besondere Stücke für mich ab, und sehr oft habe ich Kunden, die später kommen als diese. Ich habe die ganze Nacht geöffnet, Sir.«

»Wir sehen uns nur um«, gab Gordon zurück, und in einer Nebenbemerkung zu Hansen: »Gehen Sie zur Rückseite und halten Sie jeden auf, der versucht, in diese Richtung zu gehen.«

Hansen nickte und schlenderte lässig zur Rückseite des Ladens. Die Hintertür war für uns deutlich sichtbar, durch einen Blick auf die antiken Möbel und die trüben, zur Ausstellung aufgereihten Wandbehänge. Wir waren dem Skorpion – wenn er es denn war – so dicht auf den Fersen, dass ich nicht glaubte, er hätte Zeit gehabt, den Laden in seiner ganzen Länge zu durchqueren und zu verschwinden, ohne dass wir ihn gesehen hätten, als wir hereinkamen. Unsere Augen waren auf die Hintertür gerichtet gewesen, seit wir eingetreten waren.

Gordon und ich stöberten beiläufig zwischen den Kuriositäten herum, hantierten mit einigen von ihnen und besprachen sie, aber ich habe keine Ahnung, welcher Art sie waren. Der Levantiner hatte sich im Schneidersitz auf eine maurische Matte nahe der Mitte des Ladens gesetzt und nahm anscheinend nur höfliches Interesse an unseren Erkundungen.

Nach einiger Zeit flüsterte Gordon mir zu: »Es hat keinen Vorteil, diesen Schein aufrechtzuerhalten. Wir haben überall nachgesehen, wo sich der Skorpion verstecken könnte, auf die übliche Art und Weise. Ich werde meine Identität und meine Autorität bekannt geben, und wir werden das gesamte Gebäude offen durchsuchen.«

Noch während er sprach, fuhr ein Lastwagen vor der Tür vor, und zwei stämmige Neger traten ein. Der Levantiner schien sie erwartet zu haben, denn er winkte sie lediglich in den hinteren Teil des Ladens und sie antworteten mit einem unverständlichen Gemurmel.

Gordon und ich beobachteten sie genau, als sie zu einer großen Mumienkiste gingen, die nicht weit von der Rückseite aufrecht an der Wand stand. Sie ließen die Kiste auf eine ebene Position hinunter und gingen dann zur Tür, wobei sie die Mumie vorsichtig zwischen sich trugen.

»Halt!« Gordon trat vor und hob ~~autoritativ~~ autovilin die Hand.

»Ich vertrete Scotland Yard«, sagte er rasch, »und bin zu allem befugt, was ich zu tun beschließe. Stellen Sie die Mumie ab; kein Gegenstand verlässt diesen Laden, bevor wir ihn nicht gründlich durchsucht haben.«

Die Schwarzen gehorchten wortlos, und mein Freund wandte sich an den Levantiner, der, offenbar nicht beunruhigt oder gar interessiert, eine türkische Wasserpfeife rauchend dasaß.

»Wer war der große Mann, der kurz vor uns eintrat, und wohin ist er hingegangen?«

»Niemand kam vor Ihnen herein, Sir. Oder wenn doch, dann war ich im hinteren Teil des Ladens und habe ihn nicht gesehen. Es steht Ihnen natürlich frei, meinen Laden zu durchsuchen, Sir.«

Und wir durchsuchten den Laden, mit der kombinierten Kunstfertigkeit eines Geheimdienstexperten und eines Bewohners der Unterwelt – während Hansen stur auf seinem Posten stand und die beiden Schwarzen, die über dem geschnitzten Mumienkasten standen uns teilnahmslos beobachteten. Der Levantiner, der wie eine Sphinx auf seiner Matte saß, paffte einen Rauchschleier in die Luft. Das Ganze hatte einen deutlichen Effekt von Unwirklichkeit.

Schließlich kehrten wir unverrichteter Dinge zu der Mumienkiste zurück, die sicherlich lang genug war, um selbst einen Mann von Kathulos' Größe zu verbergen. Das Ding schien nicht versiegelt zu sein, wie es sonst üblich ist, und Gordon öffnete es ohne Schwierigkeiten. Eine formlose Gestalt, umhüllt von zerfallenden Hüllen, begegnete unseren Augen. Gordon öffnete einige der Hüllen und entblößte etwa einen Zentimeter eines verdorrten, bräunlichen, ledrigen Arms. Er erschauderte unwillkürlich, als er ihn berührte, so wie es ein Mann bei der Berührung eines Reptils oder eines anderen unmenschlich kalten Dinges tun würde. Er nahm einen kleinen Metallgötzen von einem Ständer in der Nähe und klopfte damit auf die geschrumpfte Brust und den Arm. Beide Male gab die Mumie einen festen Laut von sich, als ob man auf Holz klopfte.

Gordon zuckte mit den Schultern. »Er ist sowieso seit zweitausend Jahren tot, und ich sollte wohl nicht riskieren, eine wertvolle Mumie zu zerstören, nur um zu beweisen, dass das, was wir wissen, wahr ist.«

Er klappte ~~den Koffer~~ die Kiste wieder zu.

»Vielleicht ist die Mumie durch so viel Einwirkung etwas zerbröckelt, vielleicht aber auch nicht.«

Letzteres war an den Levantiner gerichtet, der nur mit einer höflichen Handbewegung antwortete, und die beiden Schwarzen hoben den Koffer noch einmal an und trugen ihn zum Lastwagen, wo sie ihn aufluden, und einen Augenblick später waren Mumie, Lastwagen und die Neger im Nebel verschwunden.

Gordon schnüffelte noch immer im Laden herum, aber ich stand stocksteif in der Mitte des Raums. Ich schreibe es meinem chaotischen und drogensüchtigen Gehirn zu, aber es war meine Empfindung gewesen, dass durch die Verhüllung des Mumiengesichts hindurch sich große Augen in meine gebrannt hatten, Augen ~~wie Lachen~~ aus gelbem Feuer, die meine Seele versengten und mich dort, wo ich stand, erstarren ließen. Und als die Kiste durch die Tür getragen worden war, wusste ich, dass das leblose Ding darin – nur Gott weiß, wie viele Jahrhunderte schon – tot war, und dass es lachte, abscheulich und leise.

17. Der tote Mann aus dem Meer

»Die blinden Götter brüllen und toben und träumen von allen Städten unter dem Meer.«
Chesterton

Gordon paffte heftig an seiner türkischen Zigarette und starrte abwesend und versonnen auf Hansen, der ihm gegenüber saß.

»Ich nehme an, wir müssen uns einen weiteren Fehlschlag ankreiden. Dieser Levantiner, Kamonos, ist offensichtlich ein Geschöpf der Ägypter, und die Wände und Böden seines Ladens sind wahrscheinlich mit geheimen Tafeln und Türen durchzogen, die einen Magier verblüffen würden.«

Hansen gab eine Antwort, aber ich sagte nichts. Seit unserer Rückkehr in Gordons Wohnung war ich mir eines Gefühls intensiver Mattigkeit und Trägheit bewusst, das sich nicht einmal durch meinen Zustand erklären ließ. Ich wusste, dass mein Körper voll von dem Elixier war – aber mein Verstand schien seltsam langsam und schwer fassbar zu sein, in direktem Kontrast zu dem durchschnittlichen Zustand meiner Mentalität, wenn sie durch das höllische Dope stimuliert wurde.

Dieser Zustand verließ mich langsam, wie Nebel, der von der Oberfläche eines Sees aufsteigt, und ich fühlte mich, als würde ich allmählich aus einem langen und unnatürlich tiefen Schlaf erwachen.

Gordon sagte: »Ich würde viel dafür geben zu wissen, ob Kamonos wirklich einer von Kathulos' Sklaven ist oder ob der Skorpion es geschafft hat, durch einen natürlichen Ausgang zu entkommen, als wir eintraten.«

»Kamonos ist sein Diener, das stimmt«, sagte ich langsam, als ob ich nach den richtigen Worten suchte.

»Als wir gingen, sah ich, wie sich sein Blick auf den Skorpion richtete, der auf meiner Hand eingezeichnet ist. Seine Augen verengten sich, und als wir gingen, schaffte er es, sich dicht an mich heranzumachen und mit schneller, tiefer Stimme zu flüstern: ›Soho, 48‹.«

Gordon richtete sich auf wie ein gelockerter Stahlbogen. »In der Tat!«, raunte er. »Warum haben Sie mir das nicht gleich gesagt?«

»Ich weiß es nicht.«

Mein Freund warf mir einen scharfen Blick zu. »Mir ist aufgefallen, dass Sie auf dem ganzen Weg vom Geschäft her wie ein berauschter Mann wirkten«, sagte er. »Ich habe es auf einen Nachgeschmack von Haschisch zurückgeführt. Aber nein. Kathulos ist zweifellos ein meisterhafter Schüler von Mesmer – seine Macht über giftige Reptilien zeigt das, und ich beginne zu glauben, dass dies die wahre Quelle seiner Macht über Menschen ist. Irgendwie hat der Meister Sie in diesem Laden überrumpelt und teilweise seine Herrschaft über Ihren Geist geltend gemacht. Aus welchem versteckten Winkel er seine Gedankenwellen schickte, um Ihr Gehirn zu erschüttern, weiß ich nicht, aber Kathulos war irgendwo in diesem Laden, da bin ich mir sicher.«

»Er war da. Er war in der Mumienkiste.«

»In dem Mumienkoffer?« Gordon rief etwas ungeduldig aus. »Das ist unmöglich! Die Mumie hat sie ganz ausgefüllt, und nicht einmal ein so dünnes Wesen wie der Meister hätte darin Platz finden können.«

Ich zuckte mit den Schultern, unfähig, über den Punkt weiter zu argumentieren, aber irgendwie sicher in der Wahrheit meiner Aussage.

»Kamonos«, fuhr Gordon fort, »ist zweifellos kein Mitglied des inneren Kreises und weiß nichts von Ihrem Loyalitätswechsel. Als er das Zeichen des Skorpions sah, nahm er zweifellos an, dass Sie ein Spion des Meisters sind. Das Ganze mag ein Komplott sein, um uns zu umgarnen, aber ich habe das Gefühl, dass der Mann aufrichtig war – Soho 48 kann nichts Geringeres sein als die neue Zuflucht des Skorpions.«

Auch ich spürte, dass Gordon Recht hatte, obwohl ein bestimmter Verdacht in mir lauerte.

»Ich habe mir gestern die Papiere von Major Morley besorgt«, fuhr er fort, »und während Sie schliefen, habe ich sie durchgesehen. Meistens bestätigten sie nur, was ich schon wusste – sie berührten die Unruhe der Eingeborenen und wiederholten die Theorie, dass ein riesiges Genie hinter allem steckte. Aber es gab eine Sache, die mich sehr interessierte und die, wie ich glaube, auch Sie interessieren wird.«

Er nahm aus seinem Tresor ein Manuskript, das in den knappen, sauberen Buchstaben des unglücklichen Majors geschrieben war, und las mit einer monotonen, dröhnenden Stimme, die wenig von seiner intensiven Erregung verriet, die folgende alptraumhafte Erzählung: »Diese Angelegenheit halte ich für wert, aufgeschrieben zu werden – ob sie etwas mit dem vorliegenden Fall zu tun hat, wird die weitere Entwicklung zeigen. In Alexandria, wo ich einige Wochen verbrachte, um weitere Hinweise auf die Identität des als Skorpion bekannten Mannes zu finden, machte ich durch meinen Freund Ahmed Shah die Bekanntschaft des bekannten Ägyptologen Professor Ezra Schuyler aus New York. Er bestätigte die Aussagen verschiedener Laien über die Legende des ›Ozeanmannes‹. Dieser Mythos, der von Generation zu Generation überliefert wird, reicht bis in den Nebel der Antike zurück und besagt – kurz gesagt – dass eines Tages ein Mann aus dem Meer aufsteigen und das ägyptische Volk zum Sieg über alle anderen führen wird. Diese Legende hat sich über den Kontinent verbreitet, so dass nun alle schwarzen Rassen der Ansicht sind, dass sie vom Kommen eines universellen Herrschers handelt. Professor Schuyler vertrat die Meinung, dass der Mythos irgendwie mit dem untergegangenen Atlantis zusammenhängt, das seiner Meinung nach zwischen dem afrikanischen und dem südamerikanischen Kontinent lag und dessen Bewohnern die Vorfahren der Ägypter tributpflichtig waren. Die Gründe für seine Verbindung sind zu langatmig und vage, um sie hier zu notieren, aber der Linie seiner Theorie folgend, erzählte er mir eine seltsame und fantastische Geschichte. Er sagte, dass ein enger Freund von ihm, von Lorfmon aus Deutschland, eine Art freier Wissenschaftler, der jetzt tot ist, vor einigen Jahren vor der Küste des Senegal segelte, um die dort gefundenen seltenen Exemplare des Meereslebens zu untersuchen und zu klassifizieren. Er benutzte zu diesem Zweck ein kleines Handelsschiff, das mit einer Mannschaft aus Mauren, Griechen und Negern bemannt war.

Einige Tage außerhalb der Sichtweite des Landes wurde etwas Schwimmendes gesichtet, und dieses Objekt, das ergriffen und an Bord gebracht wurde, erwies sich als eine Mumienkiste von höchst seltsamer Art. Professor Schuyler erklärte mir die Merkmale, durch die sie sich vom gewöhnlichen ägyptischen Stil unterscheidet, aber aus seiner eher technischen Darstellung gewann ich lediglich den Eindruck, dass es sich um eine seltsam geformten Gegenstand handelte, in den weder Keilschrift noch Hieroglyphen eingraviert waren. Das Gehäuse war stark lackiert, es war wasser- und luftdicht, und von Lorfmon hatte erhebliche Schwierigkeiten, es zu öffnen. Schließlich gelang es ihm jedoch, ohne das Gehäuse zu beschädigen, und zum Vorschein kam eine höchst ungewöhnliche Mumie. Schuyler sagte, er habe weder die Mumie noch das Gehäuse gesehen, aber nach den Beschreibungen des griechischen Kapitäns, der bei der Öffnung des Gehäuses anwesend war, unterscheide sich die Mumie ebenso sehr von einem gewöhnlichen Menschen wie das Gehäuse von einem konventionellen Typ. Die Untersuchung ergab, dass das Subjekt nicht die übliche Prozedur der Mumifizierung durchlaufen hatte. Alle Teile waren intakt, genau wie im Leben, aber die ganze Form war geschrumpft und zu einer holzähnlichen Konsistenz gehärtet. Die Stoffhüllen, die das Ding umhüllten, zerfielen zu Staub und verschwanden in dem Moment, in dem Luft an sie herankam.

Von Lorfmon war beeindruckt von der Wirkung auf die Besatzung. Die Griechen zeigten kein über das normale Maß hinausgehendes Interesse, aber die Mauren und erst recht die Neger schienen vorübergehend wahnsinnig geworden zu sein! Als die Kiste an Bord gehievt wurde, warfen sie sich alle auf dem Deck nieder und stimmten eine Art anbetenden Gesang an, und man musste Gewalt anwenden, um sie aus der Kabine zu vertreiben, in der die Mumie ausgestellt war. Es kam zu einer Reihe von Kämpfen zwischen ihnen und dem griechischen Teil der Besatzung, und der Kapitän und von Lorfmon hielten es für das Beste, in aller Eile in den nächsten Hafen zurückzukehren. Der Kapitän führte es auf die natürliche Abneigung der Seeleute zurück, eine Leiche an Bord zu haben, aber von Lorfmon schien eine tiefere Bedeutung zu spüren. Sie erreichten den Hafen von Lagos, und noch in derselben Nacht wurde von Lorfmon in seiner Kabine ermordet, und die Mumie und ihr Koffer verschwanden. Alle Mauren und Neger verließen in derselben Nacht das Schiff. Schuyler sagte

– und hier nahm die Angelegenheit einen höchst unheimlichen und mysteriösen Aspekt an –, dass unmittelbar danach diese weit verbreitete Unruhe unter den Eingeborenen zu schwelen und greifbare Form anzunehmen begann; er brachte sie in gewisser Weise mit der alten Legende in Verbindung.

Eine Aura des Geheimnisvollen hing auch über von Lorfmons Tod. Er hatte die Mumie in seine Kabine gebracht und in Erwartung eines Angriffs der fanatischen Mannschaft Tür und Bullaugen sorgfältig verriegelt und verrammelt. Der Kapitän, ein zuverlässiger Mann, schwor, dass es praktisch unmöglich sei, sich von außen Zugang zu verschaffen. Und was an Anzeichen vorhanden war, wies darauf hin, dass die Schlösser von innen bearbeitet worden waren. Der Wissenschaftler wurde durch einen Dolch getötet, der zu seiner Sammlung gehörte und der in seiner Brust steckte.

Wie ich schon sagte, begann der afrikanische Kessel unmittelbar danach zu brodeln. Schuyler sagte, dass die Eingeborenen seiner Meinung nach die uralte Prophezeiung für erfüllt hielten. Die Mumie war der Mann aus dem Meer. Schuyler gab als seine Meinung an, dass die Sache das Werk der Atlanter war, und dass der Mann in der Mumienkiste ein Eingeborener war, der aus dem untergegangenen Atlantis stammte. Wie die Kiste durch die Ströme des Wassers, die das vergessene Land bedecken, nach oben getrieben wurde, wagt er keine Theorie anzubieten. Er ist sich sicher, dass irgendwo in den geisterhaften Labyrinthen des afrikanischen Dschungels die Mumie als Gottheit inthronisiert wurde, und dass, inspiriert durch das tote Ding, die schwarzen Krieger sich für ein großes Massaker versammeln. Er glaubt auch, dass ein verschlagener Moslem die direkte treibende Kraft der drohenden Rebellion ist.«

Gordon hielt inne und sah zu mir auf.

»Die Mumien scheinen einen seltsamen Tanz durch die Kette der Geschichte zu weben«, sagte er. »Der deutsche Wissenschaftler hat mit seiner Kamera mehrere Bilder von der Mumie gemacht, und nachdem er diese gesehen hatte – die merkwürdigerweise nicht zusammen mit dem Ding gestohlen wurden –, begann Major Morley, sich am Rande einer monströsen Entdeckung zu wähnen. Sein Tagebuch spiegelt seinen Gemütszustand wider und wird inkohärent – sein Zustand scheint an Wahnsinn gegrenzt zu haben. Was hat er erfahren, um so aus dem Gleichgewicht gebracht zu werden? Vermuten Sie, dass die mesmerischen Zaubersprüche von Kathulos gegen ihn eingesetzt wurden?«

»Diese Bilder ...«, sagte ich.

»Sie fielen Schuyler in die Hände, und er gab eines an Morley. Ich habe es unter den Manuskripten gefunden.«

Er reichte mir das Bild und beobachtete mich genau.

Ich starrte ihn an, stand dann unsicher auf und schenkte mir einen Becher Wein ein.

»Das ist kein totes Götzenbild in einer Voodoo-Hütte«, sagte ich zittrig, »sondern ein von furchterregendem Leben beseeltes Ungeheuer, das die Welt nach Opfern durchstreift. Morley hatte den Meister gesehen – deshalb zerbröselte sein Gehirn. Gordon, wie sehr hoffe ich, wieder zu leben! Dieses Gesicht ist das Gesicht von Kathulos!«

Gordon starrte mich wortlos an.

»Die Hand des Meisters, Gordon«, lachte ich. Ein gewisses grimmiges Vergnügen durchdrang die Nebel meines Entsetzens, beim Anblick des stahlharten Engländers, der sprachlos war, zweifellos zum ersten Mal in seinem Leben.

Er befeuchtete seine Lippen und sagte mit kaum erkennbarer Stimme: »Dann, in Gottes Namen, Costigan, ist nichts stabil oder sicher, und die Menschheit schwebt am Rande von unsagbaren Abgründen namenlosen Grauens. Wenn das tote Ungeheuer, das von Lorfmon gefunden wurde, in Wahrheit der Skorpion ist, der auf abscheuliche Weise zum Leben erweckt wurde, was können Sterbliche gegen ihn ausrichten?«

»Die Mumie von Kamonos –«, begann ich.

»Aye, der Mann, dessen Fleisch durch tausend Jahre Nicht-Existenz gehärtet war – das muss Kathulos selbst gewesen sein! Er hätte gerade noch Zeit gehabt, sich zu entkleiden, sich in die Wäsche zu wickeln und in die Kiste zu steigen, bevor wir eintraten. Sie erinnern sich, dass die Kiste, aufrecht an die Wand gelehnt, teilweise von einem großen burmesischen Götzenbild verdeckt war, das uns die Sicht versperrte und ihm zweifellos Zeit gab, sein Vorhaben zu vollenden. Mein Gott, Costigan, mit welchem Schrecken der prähistorischen Welt haben wir es hier zu tun?«

»Ich habe von hinduistischen Fakiren gehört, die einen Zustand herbeiführen konnten, der dem Tod sehr ähnlich war«, begann ich. »Ist es nicht möglich, dass Kathulos, ein gewitzter und gerissener Orientale, sich in diesen Zustand versetzen konnte und seine Anhänger die Kiste im Ozean versenkten, wo sie sicher gefunden werden würde? Und könnte er nicht heute Abend in dieser Verfassung bei Kamonos gewesen sein?«

Gordon schüttelte den Kopf.

»Nein, ich habe diese Fakire gesehen. Keiner von ihnen hat jemals den Tod so weit vorgetäuscht, dass er verschrumpelt und hart geworden wäre – mit einem Wort: ausgetrocknet. Morley, der an anderer Stelle die Beschreibung des Mumienkastens wiedergibt, wie sie von Lorfmon aufgeschrieben und an Schuyler weitergegeben wurde, erwähnt die Tatsache, dass große Teile von Seegras daran hafteten – Seegras von einer Art, die man nur in großen Tiefen, auf dem Grund des Ozeans findet. Auch das Holz war von einer Art, die von Lorfmon nicht erkannte oder einordnen konnte, obwohl er eine der größten lebenden Autoritäten auf dem Gebiet der Flora war. Und seine Notizen betonen immer wieder das enorme Alter der Mumie. Er gab zu, dass man nicht sagen könne, wie alt die Mumie sei, aber seine Andeutungen deuten darauf hin, dass er glaubte, sie sei nicht Tausende von Jahren alt, sondern Millionen von Jahren! – Nein. Wir müssen uns den Tatsachen stellen. Da Sie sich sicher sind, dass das Bild der Mumie das Bild von Kathulos ist – und es gibt wenig Raum für Fälschungen –, ist eines von zwei Dingen praktisch sicher: Der Skorpion war nie tot, sondern wurde vor Ewigkeiten in diese Mumienkiste gelegt und sein Leben auf irgendeine Weise konserviert, oder aber er war tot und wurde zum Leben erweckt! Jede dieser beiden Theorien ist, im kalten Licht der Vernunft betrachtet, absolut unhaltbar. Sind wir alle wahnsinnig?«

»Hätten Sie jemals den Weg ins Haschischland beschritten«, sagte ich düster, »könnten Sie alles für wahr halten. Hätten Sie jemals in die schrecklichen Reptilienaugen von Kathulos, dem Zauberer, geblickt, würden Sie nicht daran zweifeln, dass er sowohl tot als auch lebendig ist.«

Gordon starrte aus dem Fenster, sein feines Gesicht hager in dem grauen Licht, das sich durch die Fenster zu stehlen begann.

»Auf jeden Fall«, sagte er, »gibt es zwei Orte, die ich gründlich zu erkunden gedenke, bevor die Sonne wieder aufgeht: Kamonos' Antiquitätenladen und Soho 48.«

18. Der Griff des Skorpions

»Während von einem stolzen Turm in der Stadt der Tod gigantisch herabschaut.«
Poe

Hansen schnarchte auf dem Bett, während ich im Zimmer umherging. Ein weiterer Tag war über London hinweggezogen, und wieder schimmerten die Straßenlaternen durch den Nebel. Ihre Lichter hatten eine seltsame Wirkung auf mich. Sie schienen wie feste Energiewellen gegen mein Gehirn zu schlagen. Sie verdrehten den Nebel in seltsame, unheimliche Formen. Scheinwerfer der Bühne, die die Straßen Londons sind, wie viele grausige Szenen hatten sie beleuchtet? Ich presste meine Hände fest gegen meine pochenden Schläfen und bemühte mich, meine Gedanken aus dem chaotischen Labyrinth zurückzuholen, in dem sie umherirrten.

Gordon hatte ich seit dem Morgengrauen nicht mehr gesehen. Dem Hinweis auf »Soho 48« folgend, war er ausgezogen, um einen Überfall auf den Ort zu arrangieren, und er hielt es für das Beste, dass ich in Deckung blieb. Er rechnete mit einem Anschlag auf mein Leben und fürchtete wiederum, dass es Verdacht erregen würde, wenn ich in den Spelunken, die ich früher besucht hatte, auf die Suche ginge.

Hansen schnarchte weiter. Ich setzte mich und begann, die türkischen Schuhe zu studieren, die meine Füße bekleideten. Zuleika hatte türkische Pantoffeln getragen, als sie durch meine Wachträume schwebte und prosaische Dinge mit ihrer Zauberei vergoldete. Ihr Gesicht lächelte mich aus dem Nebel an; ihre Augen leuchteten aus den flackernden Lampen; ihre Phantomschritte hallten durch die nebligen Kammern meines Kopfes.

Sie schlugen ein endloses Trommelfeuer, lockend und eindringlich, bis es schien, dass diese Echos auf dem Flur außerhalb des Zimmers, in dem ich stand, leise und verstohlen Widerhall fanden. Ein plötzliches Klopfen kam von der der Tür und ich fuhr auf.

Hansen schlief weiter, während ich den Raum durchquerte und die Tür schnell aufstieß. Eine wirbelnde Nebelschwade war in den Korridor eingedrungen, und durch sie hindurch, wie durch einen silbernen Schleier, sah ich – Zuleika – vor mir stehen, mit ihrem schimmernden Haar und ihren roten, geschürzten Lippen, und ihren großen dunklen Augen.

Wie ein sprachloser Narr stand ich da, und sie blickte schnell den Gang hinunter, dann trat sie ein und schloss die Tür.

»Gordon!«, flüsterte sie mit einem aufgeregten Unterton. »Dein Freund! Der Skorpion hat ihn!«

Hansen war aufgewacht und saß nun ungläubig da und starrte stumm auf die seltsame Szene, die sich seinen Augen bot.

Zuleika beachtete ihn nicht.

»Und oh, Stephen!«, rief sie, und Tränen glänzten in ihren Augen, »ich habe so sehr versucht, noch etwas Elixier zu besorgen, aber ich konnte es nicht.«

»Das macht nichts«, fand ich endlich meine Sprache wieder. »Erzähl mir von Gordon.«

»Er kehrte allein zu Kamonos zurück, und Hassim und Ganra Singh nahmen ihn gefangen und brachten ihn in das Haus des Meisters. Heute Abend versammeln sie ein großes Heer des Volkes des Skorpions für die Opferung.«

»Opferung!« Ein grässlicher Schauer des Entsetzens

lief mir über den Rücken. Gab es keine Grenzen für die Grausamkeit dieses Geschäfts?

»Schnell, Zuleika, wo ist das Haus des Meisters?«

»Soho, 48. Du musst die Polizei rufen und viele Männer schicken, um es zu umstellen, aber du darfst nicht selbst hingehen ...«

Hansen sprang erschrocken auf, aber ich wandte mich ihm zu. Mein Gehirn war jetzt klar, oder schien es zu sein, und es raste unnatürlich.

»Warte!« Ich drehte mich wieder zu Zuleika um. »Wann soll diese Opferung stattfinden?«

»Beim Aufgang des Mondes.«

»Das ist nur ein paar Stunden vor Sonnenaufgang. Zeit, ihn zu retten, aber wenn wir das Haus stürmen, werden sie ihn töten, bevor wir sie erreichen können. Und nur Gott weiß, wie viele Teufel alle Zugänge bewachen.«

»Ich weiß es auch nicht«, wimmerte Zuleika. »Ich muss jetzt gehen, oder der Meister wird mich töten.«

Da gab etwas in meinem Gehirn nach; so etwas wie eine Flut von wildem und schrecklichem Jubel überkam mich. »Der Meister wird niemanden töten!«, rief ich und warf meine Arme in die Höhe. »Bevor sich der Osten rot färbt, stirbt der Meister! Bei allem, was heilig und unheilig ist, ich schwöre es!«

Hansen starrte mich wild an, und Zuleika wich zurück, als ich mich auf sie stürzte. In mein dösendes Gehirn war ein plötzlicher Lichtblitz eingedrungen, wahr und unfehlbar.

Ich wusste, dass Kathulos ein Mesmerist war – dass er das Geheimnis der Beherrschung des Geistes und der Seele eines anderen vollkommen verstand. Und ich wusste, dass ich endlich den Grund für seine Macht über das Mädchen gefunden hatte. Mesmerismus! Wie eine Schlange einen Vogel fasziniert und an sich zieht, so hielt der Meister Zuleika mit unsichtbaren Fesseln an sich gebunden. Seine Herrschaft über sie war so absolut, dass sie selbst dann andauerte, wenn sie außer Sichtweite war, und über große Entfernungen hinweg wirkte.

Es gab nur eine Sache, die diese Macht brechen konnte: die magnetische Kraft einer anderen Person, deren Kontrolle über sie stärker war als die von Kathulos. Ich legte meine Hände auf ihre schlanken, kleinen Schultern und brachte sie dazu, sich mir zuzuwenden.

»Zuleika«, sagte ich befehlend, »hier bist du in Sicherheit; du sollst nicht zu Kathulos zurückkehren. Es gibt keinen Grund dafür. Jetzt bist du frei.«

Aber ich wusste, dass ich versagt hatte, bevor ich überhaupt angefangen hatte. In ihren Augen lag ein Ausdruck verblüffter, unvernünftiger Angst, und sie wand sich ängstlich in meinem Griff.

»Stephen, bitte lass mich gehen!«, flehte sie. »Ich muss – ich muss!«

Ich zog sie zum Bett hinüber und bat Hansen um seine Handschellen. Er reichte sie mir verwundert, und ich befestigte eine Manschette am Bettpfosten und die andere an ihrem schlanken Handgelenk. Das Mädchen wimmerte, leistete aber keinen Widerstand, ihre klaren Augen suchten meine in stummem Appell.

Es versetzte mir einen Stich, ihr auf diese scheinbar brutale Weise meinen Willen aufzuzwingen, aber ich stählte mich.

»Zuleika«, sagte ich zärtlich, »du bist jetzt meine Gefangene. Der Skorpion kann es dir nicht verübeln, wenn du nicht zu ihm zurückkehrst, wenn du dazu nicht in der Lage bist – und noch vor dem Morgengrauen wirst du völlig frei von seiner Herrschaft sein.«

Ich wandte mich an Hansen und sprach in einem

Ton, der keinen Widerspruch zuließ: »Bleiben Sie hier, direkt vor der Tür, bis ich zurückkomme. Lassen Sie auf keinen Fall Fremde eintreten, d.h. jemanden, den Sie nicht persönlich kennen. Und ich beschwöre Sie bei Ihrer Ehre als Mann, lassen Sie das Mädchen nicht frei, egal, was sie sagt. Wenn weder ich noch Gordon bis morgen um zehn Uhr zurückgekehrt ist, bringen Sie sie zu dieser Adresse – diese Familie war einmal mit mir befreundet und wird sich um ein obdachloses Mädchen kümmern. Ich gehe zu Scotland Yard.«

»Stephen«, heulte Zuleika, »du gehst in das Versteck des Meisters! Du wirst getötet werden. Schick die Polizei, gehe nicht!«

Ich beugte mich vor, zog sie in meine Arme, spürte ihre Lippen auf meinen, dann riss ich mich los.

Der Nebel zupfte mit geisterhaften Fingern an mir, kalt wie die Hände von Toten, während ich die Straße hinunterrannte. Ich hatte keinen Plan, aber in meinem Kopf formte sich einer, der in dem stimulierten Kessel, der mein Gehirn war, zu brodeln begann. Ich hielt an, als ich einen Polizisten erblickte, der auf seinem Revier herumlief, und winkte ihn zu mir, kritzelte eine knappe Notiz auf ein Stück Papier, das ich aus einem Notizbuch gerissen hatte, und reichte es ihm.

»Bringen Sie das zu Scotland Yard; es geht um Leben und Tod, und es hat mit der Angelegenheit von John Gordon zu tun.«

Bei diesem Namen hob sich eine behandschuhte Hand in rascher Zustimmung, aber seine Zusicherung der Eile verhallte hinter mir, als ich erneut die Flucht ergriff. Die Notiz besagte kurz, dass Gordon ein Gefangener in Soho 48 sei und riet zu einer sofortigen Razzia – riet, nein, befahl sie in Gordons Namen.

Der Grund für mein Handeln war einfach: Ich wusste, dass das erste Geräusch der Razzia John Gordons Untergang besiegelte. Irgendwie musste ich ihn zuerst erreichen und ihn schützen oder befreien, bevor die Polizei eintraf.

Die Zeit schien endlos zu sein, aber endlich erhoben sich die düsteren, mageren Umrisse des Hauses Soho 48 vor mir, ein riesiges Gespenst im Nebel. Es war eine späte Stunde; nur wenige Menschen wagten sich durch den Nebel und die Feuchtigkeit, als ich auf der Straße vor diesem abschreckenden Gebäude zum Stehen kam. Kein Licht zeigte sich an den Fenstern, weder oben noch unten. Das Haus schien menschenleer. Aber die Höhle des Skorpions scheint oft verlassen, bis der stille Tod plötzlich zuschlägt.

Hier hielt ich inne und ein wilder Gedanke durchzuckte mich. So oder so, das Drama würde im Morgengrauen vorbei sein. Heute Abend war der Höhepunkt meiner Karriere, der ultimative Gipfel des Lebens. Heute Abend war ich das stärkste Glied in der seltsamen Kette der Ereignisse. Morgen würde es keine Rolle mehr spielen, ob ich lebte oder starb. Ich zog das Fläschchen mit dem Elixier aus meiner Tasche und schaute es an. Genug für zwei weitere Tage, wenn man es richtig verwendet. Zwei weitere Tage des Lebens! Oder – ich brauchte eine Stimulation, wie ich sie noch nie zuvor gebraucht hatte; die Aufgabe, die vor mir lag, war eine, die kein normaler Mensch zu bewältigen hoffen konnte. Wenn ich den ganzen Rest des Elixiers trank, hatte ich keine Ahnung, wie lange es wirken würde, aber es würde sicher die ganze Nacht durchhalten. Und meine Beine waren zittrig; mein Geist hatte seltsame Perioden völliger Leere; Schwäche von Gehirn und Körper überfiel mich. Ich hob den Flachmann und leerte ihn mit einem Zug aus.

Einen Augenblick lang dachte ich, es sei der Tod, den ich getrunken hatte. Noch nie hatte ich eine solche Menge ~~Dope~~ davon zu mir genommen.

Himmel und Welt taumelten, und ich fühlte mich, als würde ich in eine Million vibrierender Fragmente fliegen, wie das Zerbersten einer Kugel aus sprödem Stahl. Wie Feuer, wie Höllenfeuer raste das Elixier durch meine Adern und ich war ein Riese! Ein Ungeheuer! Ein Übermensch!

Ich drehte mich um und schritt zu der bedrohlichen, schattigen Türöffnung. Ich hatte keinen Plan; ich brauchte keinen. Wie ein Betrunkener, der unbekümmert in die Gefahr hineinläuft, schritt ich zur Höhle des Skorpions, im Bewusstsein meiner Überlegenheit, im majestätischen Vertrauen auf meine Stimulanz und in der Gewissheit, dass sich der Weg vor mir öffnen würde.

Oh, es gab nie einen Supermann wie den, der in jener Nacht bei Regen und Nebel befehlend an die Tür von Soho 48 klopfte!

Ich klopfte viermal, das alte Signal, das wir Junkies benutzt hatten, um in den Götzenraum bei Yun Shatu eingelassen zu werden. In der Mitte der Tür tat sich eine Öffnung auf und schräge Augen schauten misstrauisch heraus. Sie weiteten sich leicht, als der Besitzer mich erkannte, und verengten sich dann boshaft.

»Du Narr!«, sagte ich wütend. »Siehst du nicht das Zeichen?«

Ich hielt meine Hand an die Öffnung.

»Erkennst du mich nicht? Lass mich rein, verflucht.«

Ich glaube, gerade die Dreistigkeit des Tricks trug zu meinem Erfolg bei. Sicherlich wussten inzwischen alle Sklaven des Skorpions von Stephen Costigans Rebellion, wussten, dass er für den Tod bestimmt war. Und allein die Tatsache, dass ich dort auftauchte und den Untergang heraufbeschwor, verwirrte den Türsteher.

Die Tür öffnete sich und ich trat ein. Der Mann, der mich einließ, war ein großer, schlaksiger Chinese, den ich als Diener bei Kathulos kennengelernt hatte. Er schloss die Tür hinter mir, und ich sah, dass wir in einer Art Vestibül standen, das von einer schwachen Lampe beleuchtet wurde, deren Schein von der Straße aus nicht zu sehen war, weil die Fenster stark verhängt waren. Der Chinese starrte mir unschlüssig ins Gesicht. Ich schaute ihn angespannt an. Dann flackerte Misstrauen in seinen Augen auf und seine Hand flog zu seinem Ärmel. Doch im selben Moment war ich auf ihm und sein magerer Hals brach wie ein morscher Ast zwischen meinen Händen.

Ich ließ seinen Leichnam auf den dick mit Teppich ausgelegten Boden fallen und lauschte. Kein Laut durchbrach die Stille. Verstohlen wie ein Wolf, die Finger gespreizt wie Krallen, stahl ich mich in den nächsten Raum. Dieser war im orientalischen Stil eingerichtet, mit Sofas, Teppichen und goldverzierten Vorhängen, aber er war leer von menschlichem Leben. Ich durchquerte ihn und ging in den nächsten. Das Licht strömte sanft aus den von der Decke geschwungenen Kesseln, und die orientalischen Teppiche dämpften das Geräusch meiner Schritte; ich schien mich durch ein verzaubertes Schloss zu bewegen.

Jeden Augenblick erwartete ich einen Ansturm von stummen Meuchelmördern aus den Türöffnungen oder hinter den Vorhängen oder dem Wandschirm mit seinen sich windenden Drachen. Es herrschte völlige Stille. Raum um Raum erkundete ich und blieb schließlich am Fuße der Treppe stehen. Das unvermeidliche Räuchergefäß warf ein unsicheres Licht, aber der größte Teil der

Treppe war in Schatten gehüllt. Welche Schrecken erwarteten mich oben?

Aber Angst und das Elixier waren einander fremd, und ich stieg diese Treppe des lauernden Schreckens so kühn hinauf, wie ich das Haus des Schreckens betreten hatte. Die oberen Räume fand ich ähnlich wie die unteren, und mit ihnen hatten sie eines gemeinsam: Sie waren menschenleer. Ich suchte einen Dachboden, aber es schien keine Tür zu geben, die in einen solchen führte. Ich kehrte in den ersten Stock zurück und suchte nach einem Eingang in den Keller, aber wieder waren meine Bemühungen erfolglos. Die erstaunliche Wahrheit wurde mir vor Augen geführt: Außer mir und dem toten Mann, der so grotesk ausgestreckt in der äußeren Vorhalle lag, gab es keine Menschen in diesem Haus, weder tot noch lebendig.

Ich konnte es nicht verstehen. Wäre das Haus ohne Möbel gewesen, hätte ich den natürlichen Schluss gezogen, dass Kathulos geflohen war – aber ich sah keine Anzeichen von Flucht. Das war unnatürlich, unheimlich. Ich stand in der großen, schattigen Bibliothek und grübelte. Nein, ich hatte mich in dem Haus nicht geirrt. Selbst wenn die zerbrochene Leiche in der Vorhalle kein stummes Zeugnis ablegen würde, wies alles im Raum auf die Anwesenheit des Meisters hin. Da waren die künstlichen Palmen, die lackierten Paravents, die Wandteppiche, sogar das Götzenidol, obwohl jetzt kein Weihrauchdampf vor ihm aufstieg. An den Wänden waren lange Regale mit Büchern aufgereiht, die auf seltsame und kostspielige Weise gebunden waren – Bücher in jeder Sprache der Welt, wie ich bei einer schnellen Untersuchung feststellte, und zu jedem Thema – die meisten von ihnen skurril und bizarr.

Ich erinnerte mich an den Geheimgang im Tempel

der Träume und untersuchte den schweren Mahagonitisch, der in der Mitte des Raumes stand. Aber nichts ergab sich. Ein plötzliches Aufflammen von Wut stieg in mir auf, primitiv und unvernünftig. Ich schnappte mir eine Statuette vom Tisch und schleuderte sie gegen die mit Regalen bedeckte Wand. Das Geräusch des Zerbrechens würde die Bande sicher aus ihrem Versteck locken. Aber das Ergebnis war noch viel verblüffender als das, was ich erwartet hatte!

Die Statuette schlug gegen die Kante eines Regals und augenblicklich schwang der ganze Regalbereich mit seiner Last an Büchern lautlos nach außen und gab einen schmalen Durchgang frei!

Wie bei der anderen Geheimtür führte eine Reihe von Stufen nach unten. Zu einem anderen Zeitpunkt hätte mich der Gedanke an den Abstieg erschaudern lassen, da mir die Schrecken des anderen Tunnels noch frisch im Gedächtnis waren, aber durch das Elixier beflügelt, schritt ich ohne einen Augenblick zu zögern voran.

Da niemand im Haus war, mussten sie irgendwo im Tunnel sein oder in dem Versteck, zu dem der Tunnel führte. Ich trat durch den Eingang und ließ die Tür offen; die Polizei könnte es auf diese Weise finden und mir folgen, obwohl ich irgendwie das Gefühl hatte, dass ich von Anfang bis Ende allein sein würde.

Ich ging eine beträchtliche Strecke hinunter, und dann mündete die Treppe in einen ebenen Korridor, der etwa drei Meter breit war – eine bemerkenswerte Sache. Trotz der Breite war die Decke ziemlich niedrig, und von ihr hingen kleine, seltsam geformte Lampen, die ein schwaches Licht verbreiteten. Ich pirschte eilig den Korridor entlang wie der alte Tod auf der Suche nach Opfern, und während ich ging, registrierte ich die Beschaffenheit des Ortes. Der Boden bestand aus großen, breiten Platten und die Wände schienen aus riesigen, gleichmäßig gesetzten Steinblöcken zu bestehen. Dieser Gang war eindeutig kein Werk der Neuzeit; die Sklaven von Kathulos hatten dort nie einen Tunnel angelegt. Ein Geheimgang aus dem Mittelalter, dachte ich – und wer wusste schon, welche Katakomben in der Unterwelt von London lagen, deren Geheimnisse größer und dunkler waren als die von Babylon und Rom?

Weiter und weiter ging ich, und nun wusste ich, dass ich weit unter der Erde sein musste. Die Luft war feucht und schwer, und kalte Feuchtigkeit tropfte von den Steinen der Wände und der Decke. Von Zeit zu Zeit sah ich kleinere Gänge, die in die Dunkelheit wegführten, aber ich beschloss, mich an den größeren Hauptgang zu halten.

Eine grimmige Ungeduld ergriff mich. Es schien mir, als wäre ich schon stundenlang unterwegs, und doch begegneten meinen Augen nur feuchte, nasse Wände und kahle Fahnen und Rinnsteinlampen. Ich hielt genau Ausschau nach unheimlich aussehenden Truhen oder ähnlichem – sah aber nichts dergleichen.

Dann, als ich gerade in wilde Flüche ausbrechen wollte, tauchte vor mir im Schatten eine weitere Treppe auf.

19. Dunkler Zorn

»Der beringte Wolf blitzte im Kreis umher. Durch böses, blau beleuchtetes Auge, Nicht vergessend seine Schuld. Er sprach: ›Ich werde noch Schaden anrichten, Oder ich sterbe, bevor ich an der Reihe bin!‹«
Mundy

Wie ein magerer Wolf glitt ich die Treppe hinauf. In etwa zwanzig Fuß Höhe gab es eine Art Podest, von dem andere Gänge abgingen, ähnlich wie der untere, durch den ich gekommen war. Mir kam der Gedanke, dass die Erde unter London mit solchen geheimen Gängen durchzogen sein musste, einer über dem anderen.

Einige Meter über diesem Treppenabsatz machten die Stufen vor einer Tür Halt, und hier zögerte ich, unsicher, ob ich es wagen sollte anzuklopfen oder nicht. Noch während ich darüber nachdachte, begann sich die Tür zu öffnen. Ich zog mich an die Wand zurück und drückte mich so flach wie möglich dagegen. Die Tür schwang auf, und ein Neger kam hindurch. Ich konnte nur einen flüchtigen Blick aus dem Augenwinkel auf den Raum dahinter werfen, aber meine unnatürlich wachen Sinne registrierten, dass der Raum leer war.

Und auf der Stelle, bevor ich mich umdrehen konnte, versetzte ich dem Mann einen einzigen tödlichen Schlag hinter den Kieferwinkel, und er stürzte kopfüber die Treppe hinunter, um in einem zerknitterten Haufen auf dem Treppenabsatz zu liegen, die Gliedmaßen grotesk herumgeworfen.

Meine linke Hand erfasste die Tür, als sie zuzuschlagen begann, und im Nu war ich hindurch und stand in dem Raum dahinter. Wie ich es mir gedacht hatte, war dieser Raum unbewohnt. Ich durchquerte ihn schnell und betrat den nächsten. Diese Räume waren in einer Weise eingerichtet, vor der die Einrichtung des Hauses in Soho verblasste. Barbarisch, schrecklich, unheimlich – diese Worte allein vermitteln eine leise Vorstellung von dem grausigen Anblick, der sich meinen Augen bot. Schädel, Knochen und komplette Skelette bildeten einen Großteil der Dekoration, wenn es denn solche waren. Mumien lugten aus ihren Kisten hervor und schreckliche Reptilien säumten die Wände. Zwischen diesen unheimlichen Relikten hingen afrikanische Schilde aus Fell und Bambus, gekreuzt mit Assegais und Kriegsdolchen. Hier und da erhoben sich obszöne Götzenbilder, schwarz und grausam. Und dazwischen und verstreut zwischen diesen Zeugnissen der Wildheit und Barbarei standen Vasen, Paravents, Teppiche und Wandbehänge von höchster orientalischer Kunstfertigkeit; ein seltsamer und unpassender Effekt.

Ich hatte zwei dieser Räume durchschritten, ohne einen Menschen zu sehen, als ich zu einer Treppe kam, die nach oben führte. Diese ging ich hinauf, mehrere Stockwerke, bis ich zu einer Tür in einer Decke kam. Ich fragte mich, ob ich noch unter der Erde war. Sicherlich hatte die erste Treppe in eine Art Haus geführt. Vorsichtig hob ich die Tür an. Sternenlicht traf meine Augen, und ich zog mich vorsichtig hinauf und hinaus. Oben blieb ich stehen. Ein breites Flachdach erstreckte sich nach allen Seiten hin, und über seinen Rand hinaus schimmerten auf allen Seiten die Lichter von London. Auf welchem Gebäude ich mich befand, wusste ich nicht, aber dass es ein hohes war, konnte ich erkennen, denn ich schien über den meisten Lichtern zu stehen, die ich sah. Dann sah ich, dass ich nicht allein war.

Drüben im Schatten des Simses, der um den Rand des

Daches herumlief, wölbte sich eine große bedrohliche Gestalt im Sternenlicht. Ein Augenpaar funkelte mich mit einem nicht ganz gesunden Licht an; das Sternenlicht glänzte silbern von einer gebogenen Länge aus Stahl. Yar Khan, der afghanische Killer, stand mir in den stillen Schatten gegenüber.

Ein wilder, wilder Jubel überkam mich. Jetzt konnte ich beginnen, die Schuld zu begleichen, die ich Kathulos und seiner ganzen höllischen Bande schuldete! Das Dope befeuerte meine Adern und schickte Wellen unmenschlicher Kraft und dunkler Wut durch mich hindurch. Ein Sprung und ich war auf den Beinen in einem lautlosen, tödlichen Rausch.

Yar Khan war ein Riese, größer und massiger als ich. Er hielt einen Tulwar in der Hand, und von dem Augenblick an, als ich ihn sah, wusste ich, dass er voll von dem Rauschgift war, nach dem er süchtig war – Heroin.

Als ich vortrat, schwang er seine schwere Waffe hoch in die Luft, aber bevor er zuschlagen konnte, packte ich sein Schwertgelenk mit eisernem Griff und versetzte ihm mit der freien Hand schmetternde Hiebe in die Hüfte.

An diesen grässlichen Kampf, der in der Stille über der schlafenden Stadt ausgetragen wurde und dem nur die Sterne zusahen, erinnere ich mich kaum. Ich erinnere mich, wie ich hin und her taumelte, in einer tödlichen Umarmung gefangen. Ich erinnere mich an den steifen Bart, der an meinem Fleisch kratzte, während seine drogenbefeuerten Augen wild in meine starrten. Ich erinnere mich an den Geschmack von heißem Blut in meinem Mund, den Geruch von furchterregendem Jubel in meiner Seele, das Anstürmen und Aufbäumen unmenschlicher Kraft und Wut.

Gott, was für ein Anblick für ein menschliches Auge,

hätte jemand auf dieses grimmige Dach geschaut, wo sich zwei menschliche Leoparden, drogensüchtige Wahnsinnige, gegenseitig in Stücke rissen!

Ich erinnere mich, wie sein Arm wie morsches Holz in meinem Griff brach und der Tulwar aus seiner nutzlosen Hand fiel. Durch den gebrochenen Arm behindert, war das Ende unvermeidlich, und mit einer wilden, aufbrausenden Flut von Kraft stürzte ich ihn an den Rand des Daches und beugte ihn rückwärts weit über den Vorsprung hinaus. Einen Augenblick kämpften wir dort; dann riss ich seinen Griff los und schleuderte ihn hinüber, und ein einziger Schrei stieg auf, als er in die Dunkelheit darunter stürzte.

Ich stand aufrecht, die Arme zu den Sternen hochgeschleudert, eine schreckliche Statue des ursprünglichen Triumphs. Und von meiner Brust rieselten Ströme von Blut aus den langen Wunden, die die wilden Nägel des Afghanen an Hals und Gesicht hinterlassen hatten.

Dann drehte ich mich mit dem Gebaren des Wahnsinnigen um. Hatte niemand das Geräusch des Kampfes gehört? Meine Augen waren auf die Tür gerichtet, durch die ich gekommen war, aber ein Geräusch ließ mich umdrehen, und zum ersten Mal bemerkte ich einen kleinen Vorsprung, der wie ein Turm aus dem Dach ragte. Dort gab es kein Fenster, aber eine Tür, und noch während ich hinsah, öffnete sich diese Tür und eine riesige schwarze Gestalt rahmte sich im Licht ein, das aus dem Inneren strömte. Hassim!

Er trat auf das Dach hinaus und schloss die Tür, die Schultern gebeugt und den Hals vorgestreckt, während er in die eine oder andere Richtung blickte. Ich schlug ihn mit einem hassgetriebenen Schlag besinnungslos auf das Dach nieder. Ich kauerte über ihm und wartete auf ein Zeichen, dass er wieder zu Bewusstsein kam;

dann sah ich am Himmel nahe dem Horizont einen schwachen Rotstich. Der Aufgang des Mondes!

Wo, in Gottes Namen, war Gordon? Noch während ich unschlüssig dastand, erreichte mich ein seltsames Geräusch. Es war seltsam wie das Summen vieler Bienen.

Ich schritt in die Richtung, aus der es zu kommen schien, überquerte das Dach und lehnte mich über den Sims. Ein alptraumhafter und unglaublicher Anblick bot sich meinen Augen.

Etwa zwanzig Fuß unter dem Niveau des Daches, auf dem ich stand, befand sich ein weiteres Dach, von gleicher Größe und eindeutig ein Teil desselben Gebäudes. Auf der einen Seite war es von der Mauer begrenzt; auf den anderen drei Seiten nahm eine mehrere Fuß hohe Brüstung den Platz eines Simses ein.

Ein großes Gedränge von Menschen stand, saß und hockte dicht gedrängt auf dem Dach – und es waren ausnahmslos Schwarze! Es waren Hunderte von ihnen, und es war ihre leise Unterhaltung, die ich gehört hatte. Aber was meinen Blick festhielt, war das, worauf ihre Augen gerichtet waren.

Ungefähr in der Mitte des Daches erhob sich eine Art Teocalli, etwa zehn Fuß hoch, fast genauso beschaffen wie die terrassenförmig angelegten Pyramiden, die man in Mexiko findet und auf denen die Priester der Azteken Menschenopfer darbrachten. Dies war, abgesehen von seinem unendlich kleineren Maßstab, eine exakte Art jener Opferpyramiden. Auf der flachen Spitze befand sich ein seltsam geschnitzter Altar, und daneben stand eine schlaksige, düstere Gestalt, die selbst die grässliche Maske, die sie trug, vor meinem Blick nicht verbergen konnte – Santiago, der schwarze Voodoo-Priester von Haiti. Auf dem Altar lag John Gordon, bis auf die Hüfte entkleidet und an Händen und Füßen gefesselt, aber bei Bewusstsein.

Ich taumelte von der Dachkante zurück, zerrissen von Unentschlossenheit. Selbst der Anreiz des Elixiers war dem nicht gewachsen. Dann ließ mich ein Geräusch aufschrecken und ich sah Hassim, der sich schwindelnd auf die Knie kämpfte. Ich erreichte ihn mit zwei langen Schritten und schlug ihn unbarmherzig wieder nieder. Dann bemerkte ich eine seltsame Vorrichtung, die von seinem Gürtel baumelte. Ich bückte mich und untersuchte sie. Es war eine Maske, ähnlich der, die Santiago trug. Dann kam mir plötzlich ein wilder, verzweifelter Plan in den Sinn, der meinem zugedröhnten Gehirn überhaupt nicht wild oder verzweifelt vorkam. Ich schritt leise zum Turm und öffnete die Tür, um hineinzuspähen. Ich sah niemanden, der zum Schweigen gebracht werden musste, aber ich sah ein langes seidenes Gewand, das an einem Pflock in der Wand hing. Das Glück des Rauschgiftsüchtigen! Ich schnappte es mir und schloss die Tür wieder. Hassim zeigte keine Anzeichen von Bewusstsein, aber ich gab ihm zur Sicherheit noch einen Schlag aufs Kinn und eilte, seine Maske ergreifend, zum Sims.

Ein tiefer, gutturaler Gesang drang zu mir herauf, klirrend, barbarisch, mit einem Unterton von wahnsinniger Blutlust. Die Schwarzanbeter, Männer und Frauen, wiegten sich im wilden Rhythmus ihres Todesgesangs hin und her. Auf dem Teocalli stand Santiago wie eine Statue aus schwarzem Basalt, nach Osten gewandt, den Dolch hoch erhoben, ein wilder und schrecklicher Anblick, nackt bis auf einen weiten seidenen Gürtel und die unmenschliche Maske auf seinem Gesicht. Der Mond schob einen roten Rand über den östlichen Horizont und eine schwache Brise bewegte die großen schwarzen Federn, die über der Maske des Voodoo-Mannes nickten. Der Gesang der Anbeter sank auf ein leises, unheimliches Flüstern.

Eilig schlüpfte ich in die Totenmaske, schlang das Gewand eng um mich und bereitete mich auf den Abstieg vor. Ich war bereit, die ganze Strecke hinabzusteigen, da ich in der überragenden Zuversicht meines Wahnsinns sicher war, dass ich unverletzt landen würde, aber als ich über den Vorsprung kletterte, fand ich eine Stahlleiter, die nach unten führte. Offensichtlich wollte Hassim, einer der Voodoo-Priester, auf diesem Weg hinuntersteigen. Also ging ich hinunter, und zwar in aller Eile, denn ich wusste, dass in dem Moment, in dem der untere Rand des Mondes die Skyline der Stadt hinter sich ließ, der unbewegliche Dolch in Gordons Brust eindringen würde.

Ich schlang das Gewand eng um mich, um meine weiße Haut zu verbergen, stieg auf das Dach hinunter und schritt vorwärts durch die Reihen der schwarzen Anbeter, die zur Seite wichen, um mich durchzulassen. Ich pirschte mich an den Fuß des Teocalli heran und die Treppe hinauf, die darum herum verlief, bis ich neben dem Todesaltar stand und die dunkelroten Flecken auf ihm erkannte. Gordon lag auf dem Rücken, die Augen offen, das Gesicht gezeichnet und verhärmt, aber sein Blick unerschrocken und unbeirrt.

Santiagos Augen blitzten mich durch die Schlitze seiner Maske an, aber ich las keinen Verdacht in seinem Blick, bis ich nach vorne griff und ihm den Dolch aus der Hand riss. Er war zu erstaunt, um sich zu wehren, und die schwarze Schar wurde plötzlich still. Dass er sah, dass meine Hand nicht die eines Negers war, ist sicher, aber er war einfach sprachlos vor Erstaunen. Mit einer raschen Bewegung durchtrennte ich Gordons Fesseln und zog ihn aufrecht. Doch dann sprang Santiago mit einem Schrei auf mich zu – kreischte wieder und stürzte mit hochgeschlagenen Armen kopfüber vom Teocalli, wobei er seinen eigenen Dolch bis zum Griff in seiner Brust vergraben [stecken] hatte.

Dann stürzten sich die schwarzen Anbeter mit Gekreisch und Gebrüll auf uns – sie sprangen auf den Stufen des Teocalli wie schwarze Leoparden im Mondlicht, mit blitzenden Messern und weiß schimmernden Augen.

Ich riss mir Maske und Gewand vom Leib und beantwortete Gordons Ausruf mit einem wilden Lachen. Ich hatte gehofft, dass ich uns beide durch meine Verkleidung in Sicherheit bringen könnte, aber jetzt war ich zufrieden, dort an seiner Seite zu sterben.

Er riss ein großes Metallornament vom Altar, und als die Angreifer kamen, schwang er dieses herum. Einen Moment hielten wir sie in Schach, dann überfluteten sie uns wie eine schwarze Welle. Für mich war das Walhalla! Messer stachen mich und Blackjacks schlugen auf mich ein, aber ich lachte und trieb meine eisernen Fäuste in geraden, dampfhammerartigen Schlägen, die Fleisch und Knochen zerschmetterten, gegen meine Gegner. Ich sah, wie sich Gordons grobe Waffe hob und senkte, und jedes Mal ging ein Mann zu Boden. Schädel zersplitterten und Blut spritzte und die dunkle Wut fegte über mich hinweg. Alptraumhafte Gesichter wirbelten um mich herum und ich war auf den Knien; wieder aufgestanden und die Gesichter zerfielen vor meinen Schlägen. Durch den fernen Nebel schien ich eine grässliche, vertraute Stimme zu hören, die einen gebieterischen Befehl aussprach.

Gordon wurde von mir weggefegt, aber aus den Geräuschen wusste ich, dass das Werk des Todes immer noch weiterging. Die Sterne taumelten durch die Blutnebel, aber die Begeisterung der Hölle lag auf mir, und ich schwelgte in den dunklen Fluten des Zorns, bis eine noch dunklere, tiefere Flut über mich hinwegfegte und ich nichts mehr wusste.

20. Uraltes Grauen

»Hier nun in seinem Triumph, wo alle Dinge wanken, ausgestreckt auf der Beute, die seine eigene Hand ausbreitete, Wie ein Gott, der sich selbst erschlug, auf seinem eigenen fremden Altar, liegt der Tod tot.«
    Swinburne (Schweinbrenner)

Langsam driftete ich zurück ins Leben – langsam, langsam. Ein Nebel hielt mich fest, und im Nebel sah ich einen Schädel.

Ich lag in einem Stahlkäfig wie ein gefangener Wolf, und die Gitterstäbe waren zu stark, wie ich sah, selbst für meine Kraft. Der Käfig schien in einer Art Nische in der Wand eingelassen zu sein, und ich blickte in einen großen Raum. Dieser Raum befand sich unter der Erde, denn der Boden war aus Steinplatten und die Wände und die Decke bestanden aus einem riesigen Block aus demselben Material. Regale säumten die Wände, bedeckt mit seltsamen Geräten, offenbar wissenschaftlicher Natur, und weitere standen auf dem großen Tisch, der in der Mitte des Raumes stand. Neben diesem saß Kathulos.

Der Zauberer war in ein schlangenartiges gelbes Gewand gekleidet, und diese abscheulichen Hände und dieser schreckliche Kopf waren ausgeprägter als je zuvor reptilienartig. Er wandte mir seine großen gelben Augen zu, die wie leuchtende Feuerbecken aussahen, und seine pergamentdünnen Lippen bewegten sich zu etwas, das wahrscheinlich ein Lächeln darstellte.

Ich taumelte aufrecht und hielt mich fluchend an den Gitterstäben fest.

»Gordon, verdammt noch mal, wo ist Gordon?«

Kathulos nahm ein Reagenzglas vom Tisch, beäugte

es genau und leerte es in ein anderes. »Ah, mein Freund erwacht«, murmelte er mit der Stimme eines lebenden Toten.

Er schob die Hände in seine langen Ärmel und wandte sich mir ganz zu.

»Ich glaube, in dir«, sagte er in deutlichem Ton, »habe ich ein Frankenstein-Monster geschaffen. Ich habe aus dir eine übermenschliche Kreatur gemacht, die meinen Wünschen dienen sollte, und du bist an mir zerbrochen. Du bist der Fluch meiner Macht, schlimmer noch als Gordon. Du hast wertvolle Diener getötet und meine Pläne durchkreuzt. Aber heute Abend haben deine Übeltaten ein Ende. Dein Freund Gordon ist ausgebrochen, aber er wird durch die Tunnel gejagt und kann nicht entkommen. – Du bist«, fuhr er mit dem aufrichtigen Interesse des Wissenschaftlers fort, »ein höchst interessantes Objekt. Dein Gehirn muss anders geformt sein als das eines jeden anderen Menschen, der je gelebt hat. Ich werde es genau studieren und in mein Labor aufnehmen. Wie ein Mann, der offensichtlich das Elixier in seinem System braucht, es geschafft hat, zwei Tage lang weiterzumachen, immer noch angeregt durch den letzten Zug, ist mehr, als ich verstehen kann.«

Mein Herz machte einen Sprung. Bei aller Klugheit hatte die kleine Zuleika ihn ausgetrickst, und er wusste offenbar nicht, dass sie ihm ein Fläschchen des lebensspendenden Stoffes abgeknöpft hatte.

»Der letzte Trank, den du von mir erhalten hast«, fuhr er fort, »reichte nur für etwa acht Stunden. Ich wiederhole, es hat mich verblüfft. Kannst du mir irgendeine Erklärung geben?«

Ich knurrte wortlos. Er seufzte.

»Wie immer die Barbaren. Wahrlich, es gilt das Sprichwort: ›Scherze mit dem verwundeten Tiger und wärme die Kreuzotter in deinem Schoß, bevor du versuchst, den Wilden von seiner Wildheit zu erlösen.‹«

Er meditierte eine Weile schweigend. Ich beobachtete ihn mit Unbehagen. Es lag eine vage und merkwürdige Andersartigkeit in ihm – seine langen Finger, die aus den Ärmeln hervortraten, trommelten auf den Stuhllehnen, und irgendeine verborgene Begeisterung klopfte im Hintergrund seiner Stimme und verlieh ihr ungewohnte Lebendigkeit.

»Und du hättest ein König des neuen Regimes sein können«, sagte er plötzlich. »Aye, das neue – neu und unmenschlich alt!«

Ich erschauderte, als sein trockenes, gackerndes Lachen ertönte.

Er neigte den Kopf, als würde er lauschen. Aus der Ferne schien ein Summen gutturaler Stimmen zu kommen. Seine Lippen verzogen sich zu einem Lächeln.

»Meine schwarzen Kinder«, murmelte er. »Sie reißen meinen Feind Gordon in den Tunneln in Stücke. Sie, Costigan, sind meine wahren Handlanger, und zu ihrer Erbauung habe ich John Gordon heute Nacht auf den Opferstein gelegt. Ich hätte lieber einige Experimente mit ihm gemacht, die auf bestimmten wissenschaftlichen Theorien basieren, aber meine Kinder müssen bei Laune gehalten werden. Später werden sie unter meiner Anleitung über ihren kindlichen Aberglauben hinauswachsen und ihre törichten Bräuche über Bord werfen, aber jetzt müssen sie sanft an der Hand geführt werden. – Wie gefallen dir diese unterirdischen Gänge, Costigan?«, wechselte er plötzlich das Thema. »Was dachtest du von ihnen? Kein Zweifel, dass die weißen Wilden deines Mittelalters sie gebaut haben? Pfui! Diese Tunnel sind älter als deine Welt! Sie wurden von mächtigen Königen geschaffen, vor zu vielen Äonen, als dass dein Verstand sie erfassen könnte, als eine kaiserliche Stadt sich dort erhob, wo dieses krude Dorf London heute steht. Alle Spuren dieser Metropole sind zu Staub zerfallen und verschwunden, aber diese Korridore wurden von mehr als menschlichem Geschick erbaut – ha ha! Von all den wimmelnden Tausenden, die sich täglich über sie bewegen, weiß niemand von ihrer Existenz außer meinen Dienern, – aber nicht alle von ihnen. Zuleika zum Beispiel weiß nichts von ihnen, denn in letzter Zeit habe ich begonnen, an ihrer Treue zu zweifeln, und werde an ihr zweifellos bald ein Exempel statuieren.«

Da schleuderte ich mich blindlings gegen die Seite des Käfigs, eine rote Welle von Hass und Wut hatte mich in ihrem Griff. Ich packte die Gitterstäbe und spannte mich an, bis die Adern auf meiner Stirn hervortraten und die Muskeln in meinen Armen und Schultern prallten und knisterten. Und die Stäbe bogen sich vor meinem Ansturm – ein wenig, aber nicht mehr, und schließlich floss die Kraft aus meinen Gliedern und ich sank zitternd und geschwächt zu Boden. Kathulos beobachtete mich ungerührt.

»Die Gitterstäbe halten«, verkündete er mit so etwas wie Erleichterung in seinem Ton. »Ehrlich gesagt, wäre ich lieber auf der anderen Seite von ihnen. Du bist ein menschlicher Affe, wenn es je einen gegeben hat.«

Er lachte plötzlich und wild.

»Aber warum willst du dich mir widersetzen?«, kreischte er unerwartet. »Warum widersetzt du dich mir, der ich Kathulos, der Zauberer, bin, groß sogar in den Tagen des alten Reiches? Heute, unbesiegbar! Ein Magier, ein Wissenschaftler, unter unwissenden Wilden! Ha ha!«

Ich erschauderte, und plötzlich brach ein blendendes

Licht über mich herein. Kathulos war selbst süchtig und wurde von dem Stoff seiner Wahl befeuert! Welches höllische Gebräu stark genug war, schrecklich genug, um den Meister zu erregen und zu entflammen, weiß ich nicht, und ich will es auch nicht wissen. Von all dem unheimlichen Wissen, das er besaß, halte ich, der ich den Mann kannte, dies für das seltsamste und grausamste Geheimnis.

»Du, du armseliger Narr!«, schimpfte er, sein Gesicht leuchtete übernatürlich.

»Weißt du, wer ich bin? Kathulos von Ägypten! Bah! Man kannte mich in den alten Tagen! Ich herrschte in den düsteren, nebligen Seeländern, lange bevor sich das Meer erhob und das Land verschlang. Ich starb, nicht wie Menschen sterben. Der magische Entwurf des ewigen Lebens war unser. Ich trank tief und schlief. Lange schlief ich in meinem lackierten Gehäuse! Mein Fleisch verdorrte und wurde hart; mein Blut trocknete in meinen Adern. Ich wurde wie ein Toter. Doch noch immer brannte in mir der Geist des Lebens, schlafend, aber das Erwachen erwartend. Die großen Städte zerfielen zu Staub. Das Meer ertränkte das Land. Die großen Schreine und die hohen Türme versanken in den grünen Wellen. All das wusste ich im Schlaf, wie ein Mann im Traum weiß. Kathulos von Ägypten? Pfui! Kathulos von Atlantis!«

Ich stieß einen plötzlichen unwillkürlichen Schrei aus. Das war zu grässlich für meinen Verstand.

»Aye, der Magier, der Zauberer. Und durch die langen Jahre der Wildheit, in denen die barbarischen Rassen ohne ihre Herren um ihren Aufstieg kämpften, kam die Legende vom Tag des Reiches, an dem sich einer der alten Rasse aus dem Meer erheben würde. Ja, und das schwarze Volk, das in den alten Tagen unsere Sklaven waren, zum Sieg führen würde. Diese braunen und gelben Menschen, was kümmern sie mich? Die Schwarzen waren die Sklaven meiner Rasse, und ich bin heute ihr Gott. Sie werden mir gehorchen. Die gelben und braunen Völker sind Narren – ich mache sie zu meinen Werkzeugen, und der Tag wird kommen, an dem meine schwarzen Krieger sich gegen sie wenden und auf mein Wort hin töten werden. Und ihr, ihr weißen Barbaren, deren Affen-Ahnen sich für immer meiner Rasse und mir widersetzt haben, euer Untergang ist nahe! Und wenn ich meinen universellen Thron besteige, werden die einzigen Weißen weiße Sklaven sein! –

Der Tag kam, wie prophezeit, als meine Kiste aus den Tiefen ausbrach, wo sie lag – wo sie gelegen hatte, als Atlantis noch Herrscher der Welt war – wo sie seit ihrer Herrschaft in die grünen Tiefen gesunken war – als meine Kiste, sage ich, von den Gezeiten des tiefen Meeres getroffen wurde und sich bewegte und rührte und das anhaftende Seegras beiseite schob, das Tempel und Minarette verdeckt, und an den hohen Saphir- und Goldtürmen vorbei durch die grünen Wasser hinaufschwebte, um auf den trägen Wellen des Meeres zu treiben. – Dann kam ein weißer Narr, der das Schicksal ausführte, dessen er sich nicht bewusst war. Die Männer auf seinem Schiff, wahre Gläubige, wussten, dass die Zeit gekommen war. Und ich – die Luft drang in meine Nasenlöcher und ich erwachte aus dem langen, langen Schlaf. Ich regte mich und bewegte mich und lebte. Und als ich mich in der Nacht erhob, erschlug ich den Narren, der mich aus dem Ozean gehoben hatte, und meine Diener machten mir ihre Aufwartung und brachten mich nach Afrika, wo ich eine Weile blieb und neue Sprachen und neue Wege einer neuen Welt lernte und stark wurde.

Die Weisheit eurer tristen Welt – ha ha! Ich, der ich tiefer in die Geheimnisse der Alten eingedrungen bin, als irgendein Mensch es wagte! Alles, was die Menschen heute wissen, weiß ich, und das Wissen neben dem, was ich durch die Jahrhunderte gebracht habe, ist wie ein Sandkorn neben einem Berg! Du solltest etwas von diesem Wissen haben! Damit habe ich dich aus einer Hölle geholt, um dich in eine größere zu stürzen! Du Narr, hier in meiner Hand ist das, was dich aus dieser erheben würde! Ja, es würde dich von den Ketten befreien, mit denen ich dich gebunden habe!«

Er schnappte sich ein goldenes Fläschchen und schüttelte es vor meinen Augen. Ich beäugte es, wie ein Sterbender in der Wüste die fernen Fata Morganas beäugen muss. Kathulos betastete es nachdenklich. Seine unnatürliche Erregung schien plötzlich verflogen zu sein, und als er wieder sprach, war es in den leidenschaftslosen, gemessenen Tönen des Wissenschaftlers.

»Das wäre in der Tat ein Experiment, das sich lohnen würde – dich von der Gewohnheit des Elixiers zu befreien und zu sehen, ob dein drogengeschwängerter Körper das Leben erhalten würde. In neun von zehn Fällen würde das Opfer sterben, wenn das Bedürfnis und der Anreiz weg wären – aber du bist so ein Riese von einem Kerl –«

Er seufzte und setzte das Fläschchen ab.

»Der Träumer widersetzt sich dem Mann des Schicksals. Meine Zeit steht mir nicht zu, sonst würde ich mein Leben lieber in meinen Laboratorien verbringen und meine Experimente durchführen. Aber jetzt, wie in den Tagen des alten Imperiums, als Könige meinen Rat suchten, muss ich arbeiten und mich für das Wohl der gesamten Rasse einsetzen. Ja, ich muss mich abmühen und die Saat des Ruhmes säen gegen das volle Kommen der kaiserlichen Tage, wenn die Meere alle ihre lebenden Toten freigeben.«

Ich erschauderte. Kathulos lachte wieder wild. Seine Finger begannen, auf die Stuhllehnen zu trommeln, und sein Gesicht schimmerte erneut in dem unnatürlichen Licht. Die roten Visionen hatten wieder begonnen, in seinem Schädel zu brodeln.

»Unter den grünen Meeren liegen sie, die alten Meister, in ihren lackierten Kisten, tot, wie man es nennt, aber in Wahrheit nur schlafend. Schlafend durch die langen Zeitalter als Stunden, wartend auf den Tag des Erwachens! Die alten Meister, die Weisen, die den Tag voraussahen, an dem das Meer das Land verschlingen würde, und die sich bereit machten, bereiteten sich darauf vor, dass sie in den kommenden barbarischen Tagen wieder auferstehen würden. So wie ich. Schlafend liegen sie, alte Könige und grimmige Zauberer, die starben, wie Menschen sterben, bevor Atlantis versank. Die, schlafend, mit ihr untergingen, aber wieder auferstehen werden! Mein ist der Ruhm! Ich erhob mich zuerst. Und ich suchte die Stätten alter Städte, an Ufern, die nicht versanken. Verschwunden, lange verschwunden. Die barbarische Flut überschwemmte sie vor Tausenden von Jahren, wie die grünen Wasser ihre ältere Schwester aus den Tiefen überschwemmten. Auf manchen erstrecken sich die Wüsten kahl. Über einigen, wie hier, erheben sich junge barbarische Städte.«

Er hielt plötzlich inne. Seine Augen suchten eine der dunklen Öffnungen, die einen Korridor markierten. Ich glaube, seine seltsame Intuition warnte ihn vor einer bevorstehenden Gefahr, aber ich glaube nicht, dass er eine Ahnung davon hatte, wie dramatisch unsere Szene unterbrochen werden würde.

Während er schaute, erklangen schnelle Schritte und

ein Mann erschien plötzlich in der Tür – ein Mann, zerzaust, zerfetzt und blutig. John Gordon!

Kathulos sprang mit einem Schrei auf, und Gordon, keuchend wie vor übermenschlicher Anstrengung, hob den Revolver, den er in der Hand hielt, und feuerte aus nächster Nähe. Kathulos taumelte, schlug sich mit der Hand an die Brust, taumelte dann wild taumelnd zur Wand und fiel dagegen. Eine Tür öffnete sich, und er taumelte hindurch, aber als Gordon wütend durch die Kammer sprang, traf sein Blick auf eine leere Steinfläche, die seinen wilden Schlägen nicht nachgab.

Er wirbelte herum und rannte wie betrunken zu dem Tisch, auf dem ein Schlüsselbund lag, den der Meister dort hatte fallen lassen.

»Das Fläschchen!«, rief ich. »Nehmen Sie das Fläschchen!« Und er steckte es in seine Tasche.

Auf dem Korridor, durch den er gekommen war, ertönte ein schwaches Geschrei, das schnell wie ein heulendes Wolfsrudel anschwoll. Ein paar kostbare Sekunden verbrachte ich damit, nach dem richtigen Schlüssel an dem Bund zu fummeln, dann schwang die Käfigtür auf und ich sprang heraus.

Ein Anblick für die Götter waren wir, – wir beide! Aufgeschlitzt, gequetscht und zerschnitten, unsere Kleider hingen in Fetzen; – meine Wunden hatten aufgehört zu bluten, aber jetzt, als ich mich bewegte, fing das Bluten wieder an, und an der Steifheit meiner Hände erkannte ich, dass meine Knöchel zertrümmert waren. Gordon war vom Scheitel bis zum Fuß blutüberströmt.

Wir flüchteten durch einen Gang in die entgegengesetzte Richtung des bedrohlichen Lärms, von dem ich wusste, dass er von den schwarzen Dienern des Meisters stammte, die uns verfolgten. Keiner von uns beiden war in guter Verfassung um zu Laufen, aber wir taten unser Bestes. Ich hatte keine Ahnung, wohin wir voran stürzten. Meine übermenschlichen Kräfte hatten mich im Stich gelassen, und ich bewegte mich jetzt nur noch mit Willenskraft. Wir bogen in einen anderen Korridor ab, und wir hatten noch keine zwanzig Schritte weiter hinter uns gebracht, als ich beim Blick zurück den ersten der schwarzen Teufel um die Ecke kommen sah.

Mit einer verzweifelten Anstrengung vergrößerten wir unseren Vorsprung ein klein wenig. Aber sie hatten uns gesehen, waren jetzt in voller Sichtweite, und ein Schrei der Wut brach aus ihnen heraus, der von einer noch unheimlicheren Stille abgelöst wurde, als sie alle Anstrengungen darauf richteten, uns einzuholen.

Da sahen wir eine kurze Strecke vor uns plötzlich eine Treppe in der Düsternis auftauchen. Wenn wir die erreichen könnten – aber dann erblickten wir etwas anderes.

An der Decke, zwischen uns und der Treppe, hing ein riesiges Ding wie ein Eisengitter, mit großen Stacheln – ein Fallgitter. Und noch während wir hinschauten, ohne in unseren keuchenden Schritten innezuhalten, begann es sich zu bewegen.

»Sie lassen das Fallgitter herunter!« Gordon krächzte, sein blutüberströmtes Gesicht war eine Maske der Erschöpfung und des Willens.

Jetzt waren die Schwarzen nur noch zehn Fuß hinter uns – jetzt sauste das riesige Gitter, an Schwung gewinnend, mit dem Knarren eines rostigen, unbenutzten Mechanismus nach unten. Ein letzter Spurt, ein keuchender, anstrengender Alptraum der Anstrengung – und Gordon, der mich in einem wilden Ausbruch reiner Nervenkraft mitriss, schleuderte uns hinunter und unten durch, und das Gitter krachte hinter uns zu Boden!

Einen Augenblick lagen wir keuchend da, ohne auf die rasende Horde zu achten, die auf der anderen Seite des Gitters tobte und schrie. Der letzte Sprung war so knapp gewesen, dass die großen Stacheln bei ihrem Abstieg Fetzen aus unserer Kleidung gerissen hatten.

Die Schwarzen stießen mit Dolchen durch die Gitterstäbe nach uns, aber wir waren außer Reichweite, und es schien mir, dass ich mich damit begnügte, dort zu liegen und vor Erschöpfung zu sterben. Aber Gordon richtete sich unsicher auf und zog mich mit sich.

»Ich muss hier raus«, krächzte er; » Scotland Yard warnen – Höhlen im Herzen von London – hochexplosiv – Waffen – Munition.«

Wir stolperten die Treppe hinauf, und vor uns schien ich das Knirschen von Metall gegen Metall zu hören. Die Treppe endete abrupt, auf einem Treppenabsatz, der in einer leeren Wand endete. Gordon hämmerte dagegen und die unvermeidliche Geheimtür öffnete sich. Licht strömte durch die Stäbe eines Gitters herein. Männer in der Uniform der Londoner Polizei sägten mit Bügelsägen daran herum, und noch während sie uns begrüßten, wurde eine Öffnung geschaffen, durch die wir hindurch kriechen konnten.

»Sie sind verletzt, Sir!« Einer der Männer nahm Gordons Arm.

Mein Begleiter schüttelte ihn ab.

»Wir haben keine Zeit zu verlieren! Raus hier, so schnell wir können!«

Ich sah, dass wir uns in einer Art Keller befanden. Wir eilten die Treppe hinauf und hinaus in die frühe Dämmerung, die den Osten scharlachrot färbte. Über den Dächern kleinerer Häuser sah ich in der Ferne ein großes, hageres Gebäude, auf dessen Dach sich, wie ich instinktiv spürte, in der Nacht zuvor jenes wilde Drama abgespielt hatte.

»Das Gebäude wurde vor einigen Monaten von einem mysteriösen Chinesen gemietet«, sagte Gordon und folgte meinem Blick. »Ursprünglich war es ein Bürogebäude – die Nachbarschaft verfiel und das Gebäude stand einige Zeit lang leer. Der neue Mieter hat es um einige Stockwerke aufgestockt, es aber offenbar leer stehen lassen. Ich hatte schon seit einiger Zeit ein Auge darauf geworfen.«

Das erzählte Gordon in seiner ruckartigen, schnellen Art, während wir eilig den Bürgersteig entlanggingen. Ich hörte mechanisch zu, wie ein Mann in Trance. Meine Lebenskraft ließ schnell nach, und ich wusste, dass ich jeden Moment zusammenbrechen würde.

»Die Leute, die in der Nähe wohnen, hatten von seltsamen Anblicken und Geräuschen berichtet. Der Mann, dem der Keller gehörte, den wir gerade verlassen haben, hörte merkwürdige Geräusche, die von der Kellerwand ausgingen, und rief die Polizei. Ungefähr zu dieser Zeit rannte ich wie eine gejagte Ratte zwischen den verfluchten Gängen hin und her und hörte die Polizei an die Wand klopfen. Ich fand die Geheimtür und öffnete sie, fand sie aber durch ein Gitter versperrt. Während ich den verblüfften Polizisten sagte, sie sollten eine Metallsäge besorgen, kamen die verfolgenden Schwarzen, denen ich für den Moment entkommen war, in Sicht, und ich war gezwungen, die Tür zu schließen und wieder davonzulaufen. Durch pures Glück fand ich Sie und durch pures Glück gelang es mir, den Weg zurück zur Tür zu finden. Jetzt müssen wir zu Scotland Yard kommen. Wenn wir schnell zuschlagen, können wir die ganze Teufelsbande gefangen nehmen. Ich weiß nicht, ob ich Kathulos getötet habe oder nicht, oder ob er mit tödlichen Waffen getötet werden kann. Aber soweit ich weiß, sind sie jetzt alle in diesen unterirdischen Gängen und ...«

In diesem Moment erbebte die Welt! Ein hirnzerschmetterndes Getöse schien mit seiner unglaublichen Detonation den Himmel zu zerbrechen; Häuser wankten und stürzten in Trümmer; eine mächtige Säule aus Rauch und Flammen brach aus der Erde und auf ihren Schwingen stiegen große Trümmermassen zum Himmel auf. Ein schwarzer Nebel aus Rauch und Staub und herabfallendem Holz hüllte die Welt ein, ein lang anhaltender Donner schien aus dem Inneren der Erde heraufzudonnern, als ob Wände und Decken einstürzten, und inmitten des Aufruhrs und der Schreie sank ich nieder und wusste nicht mehr weiter.

21. Das Zerbrechen der Kette

»Und wie eine Seele verspätet, In Himmel und Hölle unvermählt; Von Wolken und Nebel verweht; Kommt aus der Finsternis der Morgen.«
Swinburne (Schweinbrenner)

Es ist kaum nötig, sich mit den Schreckensszenen jenes schrecklichen Londoner Morgens aufzuhalten. Die Welt kennt die meisten Details der großen Explosion, die ein Zehntel dieser großen Stadt auslöschte, mit einem daraus resultierenden Verlust an Leben und Eigentum. Für ein solches Ereignis muss es einen Grund geben; die Geschichte von dem verlassenen Gebäude wurde bekannt und viele wilde Geschichten wurden in Umlauf gebracht. Um die Gerüchte zu beruhigen, wurde schließlich inoffiziell berichtet, dass dieses Gebäude Treffpunkt und geheime Festung einer Bande internationaler Anarchisten gewesen sei, die den Keller voll mit hochexplosivem Sprengstoff gelagert und diesen angeblich versehentlich gezündet hätten. In gewisser Weise war an dieser Geschichte viel dran, wie Sie wissen, aber die Bedrohung, die dort gelauert hatte, ging weit über jeden Anarchisten hinaus.

All das wurde mir erzählt, denn als ich bewusstlos zusammensank, hob mich Gordon auf, der meinen Zustand auf Erschöpfung und ein Bedürfnis nach dem Haschisch zurückführte, von dem er glaubte, dass ich danach süchtig war, und brachte mich mit Hilfe der bestürzten Polizisten in seine Zimmer, bevor er zum Ort der Explosion zurückkehrte. In seinen Zimmern fand er Hansen und Zuleika mit Handschellen an das Bett gefesselt vor, so wie ich sie zurückgelassen hatte. Er ließ sie frei und überließ es ihr, sich um mich zu kümmern, denn ganz London war in einem furchtbaren Aufruhr und er wurde anderswo gebraucht.

Als ich endlich zu mir kam, blickte ich in ihre strahlenden Augen und lag still und lächelte zu ihr hinauf. Sie sank auf meine Brust, schmiegte meinen Kopf in ihre Arme und bedeckte mein Gesicht mit ihren Küssen.

»Stephen!«, schluchzte sie immer wieder, während ihre Tränen heiß auf mein Gesicht fielen.

Ich war kaum stark genug, um meine Arme um sie zu legen, aber ich schaffte es, und wir lagen eine Weile schweigend da, bis auf das harte, quälende Schluchzen des Mädchens.

»Zuleika, ich liebe dich«, murmelte ich.

»Und ich liebe dich, Stephen«, schluchzte sie. »Oh, es ist so schwer, sich jetzt zu trennen – aber ich gehe mit dir, Stephen; ich kann ohne dich nicht leben!«

»Mein liebes Mädchen«, sagte John Gordon, der plötzlich das Zimmer betrat, »Costigan wird nicht sterben. Wir werden ihm genug Haschisch geben, um ihn über Wasser zu halten, und wenn er stärker ist, werden wir ihn langsam von der Sucht befreien.«

»Du verstehst nicht, Sahib; es ist nicht Haschisch, das Stephen haben muss. Es ist etwas, das nur der Meister kannte, und jetzt, wo er tot oder auf der Flucht ist, kann Stephen es nicht bekommen und muss sterben.«

Gordon warf einen schnellen, unsicheren Blick auf mich. Sein feines Gesicht war gezeichnet und verhärmt, seine Kleidung rußig und zerrissen von seiner Arbeit in den Trümmern der Explosion.

»Sie hat recht, Gordon«, sagte ich träge. »Ich liege im Sterben. Kathulos tötete die Haschisch-Sucht mit einem Gebräu, das er Elixier nannte. Ich habe mich mit etwas von dem Zeug am Leben gehalten, das Zuleika ihm gestohlen und mir gegeben hat, aber letzte Nacht habe ich alles ausgetrunken.«

Ich spürte keinerlei Verlangen, nicht einmal körperliches oder geistiges Unbehagen. Mein ganzer Mechanismus verlangsamte sich schnell; ich hatte das Stadium überschritten, in dem das Bedürfnis nach dem Elixier mich zerreißen würde. Ich fühlte nur eine große Abgeschlagenheit und den Wunsch zu schlafen. Und ich wusste, dass ich in dem Moment, in dem ich meine Augen schloss, sterben würde.

»Ein seltsames Zeug, dieses Elixier«, sagte ich mit wachsender Mattigkeit. »Es brennt und friert, und dann endlich tötet das Verlangen leicht und ohne Qualen.«

»Costigan, verflucht«, sagte Gordon verzweifelt, »so kannst du nicht gehen! Dieses Fläschchen, das ich vom Tisch des Ägypters genommen habe – was ist da drin?«

»Der Meister hat geschworen, es würde mich von meinem Fluch befreien und wahrscheinlich auch töten«, murmelte ich. »Ich hatte es vergessen. Geben Sie es mir; es kann mich nur töten, und ich sterbe jetzt.«

»Ja, schnell, geben Sie es her!«, rief Zuleika wütend und sprang an Gordons Seite, die Hände leidenschaftlich ausgestreckt.

Sie kehrte mit dem Fläschchen zurück, das er aus seiner Tasche genommen hatte, kniete sich neben mich und hielt es mir an die Lippen, während sie mir in ihrer eigenen Sprache sanft und beruhigend etwas zuflüsterte.

Ich trank, leerte das Fläschchen, aber ich fühlte wenig Interesse an der ganzen Angelegenheit. Mein Blick war rein unpersönlich, so tief war mein Leben gesunken, und ich kann mich nicht einmal mehr daran erinnern, wie das Zeug geschmeckt hat. Ich erinnere mich nur, dass ich ein seltsames, träges Feuer in meinen Adern brennen fühlte, und das letzte, was ich sah, war Zuleika, die über mir hockte und ihre großen Augen mit brennender Intensität auf mich gerichtet hielt. Ihre verkrampfte kleine Hand ruhte in ihrer Bluse, und da ich mich an ihr Gelübde erinnerte, sich das Leben zu nehmen, wenn ich sterben würde, versuchte ich, eine Hand zu heben und sie zu entwaffnen, versuchte Gordon zu sagen, er solle den Dolch wegnehmen, den sie in ihrem Gewand versteckt hatte. Aber Sprache und Handlung versagten mir, und ich driftete in ein seltsames Meer von Bewusstlosigkeit ab.

An diese Zeit erinnere ich mich nicht. Keine Empfindung befeuerte mein schlafendes Gehirn in einem solchen Ausmaß, dass es die Kluft, über die ich trieb, überbrücken konnte. Man sagt, dass ich stundenlang wie ein Toter lag, kaum atmete, während Zuleika über mir schwebte, keinen Augenblick von meiner Seite wich und wie eine Tigerin kämpfte, wenn jemand versuchte, sie zur Ruhe zu bringen. Ihre Kette, die sie gefangen gehalten hatte, war zerbrochen.

So wie ich die Vision von ihr in jenes düstere Land des Nichts getragen hatte, so waren ihre lieben Augen das erste, was mein wiederkehrendes Bewusstsein begrüßte. Ich war mir einer größeren Schwäche bewusst, als ich es für einen Mann für möglich hielt, als ob ich monatelang ein Invalide gewesen wäre, aber das Leben in mir, so schwach es auch war, war gesund und normal und durch keine künstliche Erregung erhalten. Ich lächelte zu meinem Mädchen hinauf und murmelte schwach: »Wirf deinen Dolch weg, kleine Zuleika; ich werde leben.«

Sie schrie und fiel neben mir auf die Knie, weinend und lachend zugleich. Frauen sind seltsame Wesen, von wahrlich gemischten und starken Gefühlen.

Gordon trat ein und ergriff die Hand, die ich nicht vom Bett heben konnte. »Sie sind jetzt ein Fall für einen normalen ~~Menschen~~arzt, Costigan«, sagte er. »Selbst ein Laie wie ich kann das erkennen. Zum ersten Mal, seit ich Sie kenne, ist der Blick in Ihren Augen völlig normal. Sie sehen aus wie ein Mann, der einen völligen Nervenzusammenbruch erlitten hatte und etwa ein Jahr Ruhe und Frieden braucht. Meine Güte, Mann, Sie haben, abgesehen von Ihrer Drogenerfahrung, genug durchgemacht, um ein ganzes Leben zu überstehen.«

»Sagen Sie mir zuerst«, sagte ich, »ob Kathulos bei der Explosion ums Leben kam?«

»Ich weiß es nicht«, antwortete Gordon düster. »Offenbar wurde das gesamte System der unterirdischen Gänge zerstört. Ich weiß, dass meine letzte Kugel – die letzte Kugel, die in dem Revolver steckte, den ich einem meiner Angreifer abgerungen hatte – im Körper des Meisters ihr Ziel fand, aber ob er an der Wunde starb oder ob eine Kugel ihn überhaupt verletzen kann, weiß ich nicht. Und ob er in seinem Todeskampf die Tonnen von hochexplosivem Sprengstoff zündete, die in den Gängen gelagert waren, oder ob die Schwarzen es unabsichtlich taten, werden wir nie erfahren.

Mein Gott, Costigan, haben Sie jemals eine solche Höhle gesehen? Und wir wissen nicht, wie viele Meilen in beide Richtungen die Gänge reichen. Selbst jetzt durchkämmen Scotland Yard-Männer die Unterführungen und Keller der Stadt nach geheimen Öffnungen. Alle bekannten Öffnungen, wie die, durch die wir kamen, und die in Soho 48, wurden durch einstürzende Wände blockiert. Das Bürogebäude wurde einfach in die Luft gesprengt.«

»Was ist mit den Männern, die Soho 48 ~~überfallen~~ durchsucht haben?«

»Die Tür in der Bibliothekswand war verschlossen. Sie fanden den getöteten Chinesen, durchsuchten aber das Haus vergeblich. Zum Glück, sonst wären sie bei der Explosion sicher in den Tunneln gewesen und mit den zahlreichen Schwarzen umgekommen, die dabei gestorben sein müssen.«

»Fast jeder Schwarze in London scheint dort gewesen sein.«

»Das ist wohl leider wahr. Die meisten von ihnen sind im Herzen Voodoo-Anbeter und die Macht, die der Meister ausübte, war unglaublich. Sie starben, aber was ist mit ihm? Wurde er von dem Zeug, das er heimlich gelagert hatte, in Atome zersprengt oder zerschmettert, als die Steinmauern bröckelten und die Decken heruntertonnerten?«

»Es gibt keine Möglichkeit, ihn in diesen unterirdischen Ruinen zu suchen, nehme ich an?«

»Nein, überhaupt nicht. Als die Mauern einstürzten, stürzten auch die Tonnen von Erde, die von den Decken gehalten wurden, herab und füllten die Gänge mit Schmutz und zerbrochenem Stein und versperrten sie für immer. Und auf der Erdoberfläche wurden die Häuser, die von der Erschütterung niedergerüttelt wurden, in völligen Trümmern aufgehäuft. Was in diesen schrecklichen Korridoren geschah, muss für immer ein Rätsel bleiben.«

Meine Erzählung neigt sich dem Ende zu. Die folgenden Monate vergingen ereignislos, abgesehen von dem wachsenden Glück, das für mich das Paradies war, das Sie aber langweilen würde, wenn ich es erzählen würde. Aber eines Tages sprachen Gordon und ich wieder über die mysteriösen Ereignisse, die unter der grimmigen Hand des Meisters stattgefunden hatten.

»Seit jenem Tag«, sagte Gordon, »ist die Welt ruhig

geworden. Afrika hat sich beruhigt und der Osten scheint in seinen alten Schlaf zurückgekehrt zu sein. Es kann nur eine Antwort geben – lebend oder tot, Kathulos wurde an jenem Morgen zerstört, als seine Welt über ihm zusammenbrach.«

»Gordon«, sagte ich, »was ist die Antwort auf dieses größte aller Rätsel?«

Mein Freund zuckte mit den Schultern.

»Ich bin zu der Überzeugung gelangt, dass die Menschheit ewig an den Rändern geheimer Ozeane schwebt, von denen sie nichts weiß. Völker haben gelebt und sind wieder verschwunden, bevor sich unsere Rasse aus dem Schleim des Primitiven erhob, und es ist wahrscheinlich, dass noch andere auf der Erde leben werden, nachdem unsere verschwunden ist. Wissenschaftler haben lange Zeit die Theorie vertreten, dass die Atlanter eine höhere Zivilisation besaßen als unsere eigene, und zwar auf noch ganz anderen Ebenen. Sicherlich war Kathulos selbst der Beweis dafür, dass unsere rühmliche Kultur und unser Wissen nichts neben dem der furchterregenden Zivilisation war, die ihn hervorbrachte. Allein sein Umgang mit Ihnen hat die ganze wissenschaftliche Welt vor ein Rätsel gestellt, denn keiner von ihnen konnte sich erklären, wie er das Verlangen nach Haschisch beseitigen, Sie mit einer so unendlich viel stärkeren Droge stimulieren und dann eine andere Droge herstellen konnte, die die Wirkung der anderen völlig aufhob.«

»Zwei Dinge habe ich ihm zu verdanken«, sagte ich langsam, »die Wiedererlangung meiner verlorenen Männlichkeit – und Zuleika. Kathulos ist also tot, soweit ein sterbliches Ding sterben kann. Aber was ist mit den anderen – den ›alten Meistern‹, die immer noch im Meer schlafen?«

Gordon schauderte.

»Wie ich schon sagte, vielleicht steht die Menschheit am Rande unvorstellbarer Abgründe des Grauens. Aber eine Flotte von Kanonenbooten patrouilliert schon jetzt unauffällig auf den Weltmeeren, mit dem Befehl, jede seltsame Kiste, die schwimmend gefunden wird, sofort zu zerstören – sie und ihren Inhalt zu vernichten. Und wenn mein Wort bei der englischen Regierung und den Nationen der Welt Gewicht hat, werden die Meere so patrouilliert werden, bis der Jüngste Tag den Vorhang über die heutigen Völker fallen lässt.«

»Nachts träume ich manchmal von ihnen«, murmelte ich, »schlafend in ihren lackierten Gehäusen, die vor seltsamen Algen triefen, weit unten in den grünen Wogen – wo sich unheilige Türme und seltsame Türme im dunklen Ozean erheben.«

»Wir haben uns einem uralten Schrecken gestellt«, sagte Gordon düster, »einer Angst, die zu dunkel und geheimnisvoll ist, als dass das menschliche Gehirn damit fertig werden könnte. Das Schicksal war mit uns; es mag den Söhnen der Menschen nicht mehr wohlgesonnen sein. Es ist das Beste, wenn wir immer auf der Hut sind. Das Universum wurde nicht für die Menschheit allein geschaffen; das Leben nimmt seltsame Phasen an, und es ist der erste Instinkt der Natur, dass die verschiedenen Arten sich gegenseitig zerstören. Zweifellos kamen wir dem Meister genauso schrecklich vor wie er uns. Wir haben die Truhe der Geheimnisse, die die Natur aufbewahrt hat, kaum angezapft, und es schaudert mich, wenn ich daran denke, was diese Truhe für die menschliche Rasse enthalten mag.«

»Das ist wahr«, sagte ich und freute mich innerlich über die Kraft, die durch meine ausgelaugten Adern zu fließen begann, »aber die Menschen werden den Hindernissen begegnen, wie sie kommen, so wie die Menschen sich immer erhoben haben, um ihnen zu begegnen. Jetzt beginne ich, den vollen Wert des Lebens und der Liebe zu erkennen, und nicht alle Teufel aus allen Abgründen können mich halten.«

Gordon lächelte.

»Sie haben es selbst in der Hand, alter Kamerad. Das Beste ist, das ganze dunkle Zwischenspiel zu vergessen, denn darin liegen Licht und Glück.«

Mond von Zambebwei

Inhaltsverzeichnis

1.	Das Grauen in den Kiefern	151
2.	Schwarze Tortur	157
3.	Der Schwarze Priester	165
4.	Der Hunger des Schwarzen Gottes	177
5.	Die Stimme des Zemba	189

1. Das Grauen in den Kiefern

Die Stille der Kiefernwälder legte sich wie ein grüblerischer Mantel um die Seele von Bristol McGrath. Die schwarzen Schatten schienen festzustehen, unbeweglich wie das Gewicht des Aberglaubens, der auf diesem vergessenen Hinterland lastete. Vage Ahnenängste rührten sich in McGraths Hinterkopf; denn er war in den Kiefernwäldern geboren, und sechzehn Jahre des Umherziehens in der Welt hatten ihre Schatten nicht ausgelöscht. Die furchterregenden Geschichten, vor denen er als Kind geschaudert hatte, flüsterten wieder in sein Bewusstsein; Geschichten von schwarzen Gestalten, die über die mitternächtlichen Lichtungen schlichen ...

Die kindlichen Erinnerungen verfluchend, beschleunigte McGrath seinen Schritt. Der schummrige Pfad schlängelte sich zwischen dichten Mauern aus Baumriesen hindurch. Kein Wunder, dass er in dem entfernten Flussdorf niemanden hatte anheuern können, um ihn zum Anwesen von Ballville zu fahren. Die Straße war für ein Fahrzeug unpassierbar, verstopft mit verrottenden Baumstümpfen und neuem Wachstum. Vor ihm machte sie eine scharfe Biegung.

McGrath hielt kurz inne, erstarrte zur Unbeweglichkeit. Die Stille war endlich durchbrochen worden, und zwar auf eine Weise, die ihm ein kühles Kribbeln auf den Handrücken bescherte. Denn das Geräusch war das unverkennbare Stöhnen eines Menschen im Todeskampf gewesen. Nur einen Augenblick lang war McGrath regungslos. Dann glitt er mit der geräuschlosen Bewegung eines jagenden Panthers um die Biegung des Pfades.

Ein blauer Stupsnasenrevolver war wie von Geisterhand in seiner rechten Hand erschienen. Seine linke krampfte unwillkürlich in der Tasche nach dem Stück Papier, das für seine Anwesenheit in diesem düsteren Wald verantwortlich war. Das Papier war ein verzweifelter und geheimnisvoller Hilferuf; es war von McGraths schlimmstem Feind unterschrieben und enthielt den Namen einer längst verstorbenen Frau.

McGrath umrundete die Biegung des Pfades, jeder Nerv angespannt und wachsam, alles erwartend – nur das nicht, was er dann tatsächlich sah. Seine erschrockenen Augen blieben einen Augenblick lang an dem grausigen Gegenstand hängen und suchten dann die Waldwände ab. Dort rührte sich nichts. Ein Dutzend Meter hinter dem Pfad verschwand die Sicht in einem schaurigen Zwielicht, in dem alles ungesehen lauern konnte. McGrath ließ sich neben der Gestalt, die vor ihm auf dem Pfad lag, auf die Knie fallen.

Es war ein Mann, mit gespreizten Beinen, an Händen und Füßen an vier Pflöcke gefesselt, die tief in die hart gepackte Erde getrieben waren; ein schwarzbärtiger, hakennasiger, dunkelhäutiger Mann. »Ahmed!«, murmelte McGrath. »Der arabische Diener von Ballville! Mein Gott!«

Denn es waren nicht die bindenden Stricke, die dem Araber das glasige Starren in die Augen trieben. Einem schwächeren Mann als McGrath wäre vielleicht übel geworden angesichts der Verstümmelungen, die scharfe Messer am Körper des Mannes angerichtet hatten. McGrath erkannte die Arbeit eines Experten in der Kunst der Folter. Doch ein Funken Leben pochte noch in der zähen Gestalt des Arabers. McGraths graue Augen wurden trüber, als er die Position des Körpers des Opfers bemerkte, und seine Gedanken flogen zurück zu einem anderen, grimmigeren Dschungel und einem halb erschlagenen schwarzen Mann, der als Warnung für den weißen Mann, der es wagte, in ein verbotenes Land einzudringen, auf einen Pfad gepflockt war.

Er schnitt die Stricke durch und brachte den sterbenden Mann in eine bequemere Position. Das war alles, was er tun konnte. Er sah, wie das Delirium in den blutunterlaufenen Augen für einen Moment abebbte, sah das Erkennen darin schimmern. Blut spritzte aus dem Mund auf den verfilzten Bart. Die Lippen bewegten sich lautlos.

Die Finger mit den schwarzen Nägeln begannen im Staub zu krabbeln. Sie zitterten, kratzten unregelmäßig, aber zielstrebig. McGrath beugte sich nahe heran, angespannt vor Interesse, und sah, wie unter den zitternden Fingern krumme Linien entstanden. Mit der letzten Anstrengung eines eisernen Willens zeichnete der Araber eine Botschaft in den Schriftzeichen seiner eigenen Sprache. McGrath erkannte den Namen: »Richard Ballville«; es folgte »Gefahr«, und die Hand winkte schwach die Spur hinauf; dann – und McGrath versteifte sich krampfhaft – »Constance«. Eine letzte Anstrengung des schleppenden Fingers zeichnete »John De Al–« nach.

Plötzlich wurde der blutende Mann von einer letzten scharfen Agonie erschüttert; die magere, sehnige Hand verknotete sich krampfhaft und fiel dann schlaff herab. Ahmed ibn Suleyman war jenseits von Rache oder Gnade.

McGrath erhob sich, wischte sich die Hände ab und nahm die angespannte Stille des düsteren Waldes um ihn herum wahr; er war sich eines schwachen Raschelns in den Tiefen des Waldes bewusst, das nicht von einem Windhauch verursacht wurde. Er sah mit unwillkürlichem Mitleid auf die verstümmelte Gestalt herab, obwohl er die Schlechtigkeit des Herzens des Arabers gut kannte, ein schwarzes Böses, das dem von Ahmeds Meister, Richard Ballville, entsprochen hatte. Nun, es schien, als hätten sich Herr und Diener endlich in punkto Unmenschlichkeit getroffen. Aber wie und durch wen? Hundert Jahre lang hatten die Ballvilles über dieses Hinterland geherrscht, zuerst über ihre weitläufigen Plantagen und Hunderte von Sklaven, und später über die unterwürfigen Nachkommen dieser Sklaven. Richard, der letzte der Ballvilles, hatte genauso viel Autorität über die Pinelands ausgeübt wie jeder seiner autokratischen Vorfahren. Doch aus diesem Land, in dem sich die Menschen ein Jahrhundert lang vor den Ballvilles verneigt hatten, war dieser rasende Schrei der Angst gekommen, ein Telegramm, das McGrath in seiner Manteltasche zusammenpresste.

Stille folgte auf das Rascheln, unheimlicher als jedes Geräusch. McGrath wusste, dass er beobachtet wurde; wusste, dass die Stelle, an der Ahmeds Leiche lag, die unsichtbare Grenze war, die jemand für ihn gezogen hatte. Sicher würde es ihm erlaubt sein, umzukehren und seine Schritte unbehelligt bis zum entfernten Dorf zurückzulegen, aber er wusste, dass, wenn er seinen Weg fortsetzte, der Tod ihn plötzlich und ungesehen treffen würde. Er wandte sich um und schritt den Weg zurück, den er gekommen war.

Er bog ab und ging geradeaus weiter, bis er eine weitere Wegbiegung passiert hatte. Dann blieb er stehen und lauschte. Alles war still. Schnell zog er das Papier aus der Tasche, glättete die Falten und las, wieder in der krakeligen Schrift des Mannes, den er am meisten auf Erden hasste:

»Bristol!

Wenn Sie Constance Brand noch lieben, vergessen Sie

um Gottes willen Ihren Hass und kommen so schnell nach Ballville Manor, wie der Teufel Sie treiben kann.

Richard Balville.«

Das war alles.

Das Papier hatte ihn telegrafisch in jener Stadt im fernen Westen erreicht, in der McGrath seit seiner Rückkehr aus Afrika wohnte. Er hätte es ignoriert, wäre da nicht der Name Constance Brand gewesen. Dieser Name hatte einen erstickenden, quälenden Puls des Erstaunens durch seine Seele geschickt, hatte ihn mit dem Zug und dem Flugzeug in Richtung des Landes seiner Geburt rasen lassen, als wäre ihm der Teufel auf den Fersen. Es war der Name einer Frau, die er seit drei Jahren für tot gehalten hatte; der Name der einzigen Frau, die Bristol McGrath jemals geliebt hatte.

Er legte das Telegramm zurück, verließ den Pfad und ging in Richtung Westen, wobei er seinen kräftigen Körper zwischen den dicken Bäumen hindurch schob. Seine Füße machten kaum Geräusche auf den verfilzten Kiefernnadeln. Sein Vorankommen war fast lautlos. Nicht umsonst hatte er seine Jugendzeit im Land der großen Kiefern verbracht.

Dreihundert Meter von der alten Straße entfernt stieß er auf das, was er suchte – einen alten Pfad, der parallel zur Straße verlief. Von jungem Wachstum überwuchert, war er kaum mehr als eine Spur durch die dichten Kiefern. Er wusste, dass er zur Rückseite des Ballville-Anwesens führte, glaubte aber nicht, dass die geheimen Wächter ihn bewachen würden. Denn woher sollten sie wissen, dass er sich an ihn erinnerte?

Er eilte den Weg entlang nach Süden, die Ohren gespitzt, damit ihm kein Geräusch entging. Dem Augenschein allein konnte man in diesem Wald nicht trauen. Er wusste, dass das Herrenhaus nicht mehr weit entfernt war. Er durchquerte das, was in den Tagen von Richards Großvater einmal Felder gewesen waren, die fast bis zu den weitläufigen Rasenflächen reichten, die das Herrenhaus umgaben. Aber seit einem halben Jahrhundert waren sie dem Vordringen des Waldes überlassen worden.

Doch jetzt erblickte er das Herrenhaus, eine Andeutung von fester Masse zwischen den Kiefernwipfeln vor ihm. Und fast gleichzeitig schoss ihm das Herz in die Kehle, als ein menschlicher Schmerzensschrei die Stille durchbrach. Er konnte nicht sagen, ob es ein Mann oder eine Frau war, die da schrie, und der Gedanke, dass es eine Frau sein könnte, beflügelte seine Füße in seinem rücksichtslosen Lauf auf das Gebäude zu, das sich gerade hinter dem wuchernden Saum der Bäume kahl abzeichnete.

Die jungen Kiefern waren sogar in die einst großzügigen Rasenflächen eingedrungen. Der ganze Ort trug eine Aura von Verfall. Hinter dem Herrenhaus lagen die Scheunen und Nebengebäude, in denen einst die Sklavenfamilien untergebracht waren, in Trümmern. Das Herrenhaus selbst schien über den Abfällen zu wanken, ein knarrender Riese, rattenzerfressen und verrottet, bereit, bei jedem unvorhergesehenen Ereignis einzustürzen. Mit dem verstohlenen Tritt eines Tigers näherte sich Bristol McGrath einem Fenster an der Seite des Hauses. Aus diesem Fenster drangen Geräusche, die ein Affront gegen das von Bäumen gefilterte Sonnenlicht und ein krabbelndes Grauen für das Gehirn waren.

Gespannt auf das, was er sehen würde, spähte er hinein.

2. Schwarze Tortur

Er blickte in eine große, staubige Kammer, die in den Tagen der Vorkriegszeit als Ballsaal gedient haben könnte; die hohe Decke war mit Spinnweben behangen, die reichen Eichentäfelungen zeigten sich dunkel und fleckig. Aber in dem großen Kamin brannte ein Feuer – ein kleines Feuer, das gerade groß genug war, um die schlanken Stahlstäbe, die darin steckten, zu einem weißen Glühen zu bringen.

Aber erst später sah Bristol McGrath das Feuer und die Dinge, die auf dem Herd glühten. Seine Augen waren wie gebannt auf den Gutsherrn gerichtet; und wieder einmal sah er auf einen Sterbenden.

Ein schwerer Balken war an die getäfelte Wand genagelt worden, und aus ihm ragte ein grober Querbalken heraus. An diesem Querbalken hing Richard Ballville mit Stricken um seine Handgelenke. Seine Zehen berührten kaum den Boden, was ihn einlud, seinen Körper ständig zu strecken, um die quälende Belastung seiner Arme zu lindern. Die Schnüre hatten sich tief in seine Handgelenke geschnitten; Blut sickerte seine Arme hinunter; seine Hände waren schwarz und fast zum Bersten geschwollen. Er war bis auf die Hose nackt, und McGrath sah, dass die weißglühenden Eisen bereits auf schreckliche Weise zum Einsatz gekommen waren. Es gab Grund genug für die tödliche Blässe des Mannes, die kalten Perlen der Agonie auf seiner Haut. Nur seine unbändige Lebenskraft hatte ihm erlaubt, die grässlichen Verbrennungen an Gliedmaßen und Körper so lange zu überleben.

Auf seiner Brust war ein seltsames Symbol eingebrannt worden – eine kalte Hand legte sich auf McGraths Rücken. Denn er erkannte dieses Symbol, und wieder einmal raste seine Erinnerung über die Welt und die Jahre hinweg zu einem schwarzen, grimmigen, abscheulichen Dschungel, in dem Trommeln in feuerspeiender Dunkelheit brüllten und nackte Priester eines verabscheuungswürdigen Kults ein furchtbares Symbol in bebendes Menschenfleisch zeichneten.

Zwischen der Feuerstelle und dem Sterbenden hockte ein dicklicher schwarzer Mann, nur mit einer zerlumpten, schlammigen Hose bekleidet.

Er stand mit dem Rücken zum Fenster und präsentierte ein beeindruckendes Paar Schultern. Sein Kugelkopf saß wie der eines Frosches genau zwischen diesen riesigen Schultern, und er schien das Gesicht des Mannes auf dem Querbalken eifrig zu beobachten.

Richard Ballvilles blutunterlaufene Augen waren wie die eines gequälten Tieres, aber sie waren bei vollem Verstand und Bewusstsein: Sie loderten vor verzweifelter Vitalität. Er hob schmerzhaft den Kopf und sein Blick schweifte durch den Raum. Draußen vor dem Fenster wich McGrath instinktiv zurück. Er wusste nicht, ob Ballville ihn sah oder nicht. Der Mann zeigte kein Zeichen, das dem bestialischen Schwarzen, der ihn musterte, seine Anwesenheit verraten hätte. Dann drehte der Kerl seinen Kopf zum Feuer und streckte einen langen Arm nach einem glühenden Eisen aus – und Ballvilles Augen loderten mit einer grimmigen und dringenden Bedeutung, die der Beobachter nicht missverstehen konnte. McGrath brauchte nicht die gequälte Bewegung des gequälten Kopfes, die den Blick begleitete. Mit einem tigerartigen Satz war er über die Fensterbank und im Zimmer, noch während der erschrockene Schwarze sich aufrichtete und mit affenartiger Agilität herumwirbelte.

McGrath hatte seine Waffe nicht gezogen. Er wagte es

nicht, einen Schuss zu riskieren, der andere Feinde auf ihn hetzen könnte. In dem Gürtel seines Gegners, der die zerlumpte, schlammige Hose hochhielt, steckte ein Schlachtermesser. Es schien wie ein lebendiges Wesen in die Hand des Schwarzen zu springen, als er sich umdrehte. Aber in McGraths Hand glänzte ein gebogener afghanischer Dolch, der ihm in vielen vergangenen Schlachten gute Dienste geleistet hatte.

Da er den Vorteil eines sofortigen und unerbittlichen Angriffs kannte, hielt er nicht inne. Kaum berührten seine Füße den Boden im Inneren, da stürzte er sich schon auf den verblüfften Schwarzen.

Ein unartikulierter Schrei platzte aus den dicken roten Lippen. Die Augen rollten wild, das Schlachtermesser fuhr zurück und zischte mit der Schnelligkeit einer schlagenden Kobra vor, die einen Mann aufgeschlitzt hätte, dessen Klauen weniger stählern waren als die von Bristol McGrath.

Aber der Schwarze war unwillkürlich rückwärts gestolpert, als er zuschlug, und diese instinktive Handlung verlangsamte seinen Schlag gerade so weit, dass McGrath ihm mit einer blitzartigen Drehung seines Oberkörpers ausweichen konnte. Die lange Klinge zischte unter seine Achselhöhle, zerschnitt Stoff und Haut, – aber gleichzeitig stieß der afghanische Dolch von McGrath in die Kehle des schwarzen Stiers.

Es gab keinen Schrei, sondern nur ein Gurgeln, als der Mann blutspritzend zu Boden fiel. McGrath hatte sich freigesprungen wie ein Wolf, nachdem er den Todeshieb ausgeführt hatte. Emotionslos begutachtete er sein Werk. Der schwarze Mann war bereits tot, sein Kopf halb vom Körper getrennt. Dieser schneidende Seitenhieb durch die Kehle, der lautlos tötete, war ein Lieblingsschlag der haarigen Bergmänner, die die Felsen über dem Khyber-Pass heimsuchen. Weniger als ein Dutzend weißer Männer hatten ihn je gemeistert. Bristol McGrath war einer davon.

McGrath wandte sich an Richard Ballville. Blut tropfte von den Lippen auf die verbrannte, nackte Brust, und. Leid und Schock hatten Ballvilles Zunge gelähmt. McGrath schnitt seine Stricke durch und legte ihn auf einen abgenutzten alten Diwan in der Nähe. Ballvilles schlanker, muskelbepackter Körper bebte wie gespannte Stahlseile unter McGraths Händen. Er würgte und fand seine Stimme wieder.

»Ich wusste, dass Sie kommen würden«, keuchte er und krümmte sich bei der Berührung des Diwans mit seinem versengten Fleisch. »Ich habe Sie jahrelang gehasst, aber ich wusste –«

McGraths Stimme war hart wie das Raspeln von Stahl. »Was meinten Sie mit deiner Erwähnung von Constance Brand? Sie ist tot.«

Ein grässliches Lächeln umspielte die dünnen Lippen.

»Nein, sie ist nicht tot! Aber sie wird es bald sein, wenn Sie sich nicht beeilen. Schnell! Brandy! Dort auf dem Tisch – das Biest hat nicht alles getrunken.«

McGrath hielt die Flasche an die Lippen; Ballville trank eifrig. McGrath wunderte sich über die eisernen Nerven des Mannes. Dass er unter grässlichen Qualen litt, war offensichtlich. In seinem Delirium des Schmerzes hätte er schreien sollen. Doch er blieb bei Verstand und sprach klar und deutlich, obwohl seine Stimme ein mühsames Krächzen war.

»Ich habe nicht viel Zeit«, würgte er. »Unterbrechen Sie mich nicht. Heben Sie sich Ihre Flüche für später auf. Wir haben beide Constance Brand geliebt. Sie hat Sie geliebt. Vor drei Jahren verschwand sie. Ihre Kleider wurden am Ufer eines Flusses gefunden. Ihre Leiche wurde nie geborgen. Sie gingen nach Afrika, um Ihren Kummer zu ertränken; ich zog mich auf das Anwesen meiner Vorfahren zurück und wurde ein Einsiedler.

Was Sie nicht wussten – was die Welt nicht wusste – war, dass Constance Brand mit mir kam! Nein, sie ist nicht ertrunken. Diese List war meine Idee. Drei Jahre lang hat Constance Brand in diesem Haus gelebt!« Er brachte ein grässliches Lachen zustande. »Oh, schauen Sie nicht so verblüfft, Bristol. Sie ist nicht aus freien Stücken gekommen. Sie hat Sie zu sehr geliebt. Ich habe sie entführt und mit Gewalt hergebracht – Bristol!« Seine Stimme erhob sich zu einem verzweifelten Schrei. »Wenn Sie mich töten, werden Sie nie erfahren, wo sie ist!«

Die rasenden Hände, die sich um seine geschnürte Kehle gelegt hatten, entspannten sich und die Vernunft kehrte in die roten Augen von Bristol McGrath zurück.

»Sprechen Sie weiter«, flüsterte er mit einer Stimme, die nicht einmal er selbst erkannte.

»Ich konnte nicht anders«, keuchte der sterbende Mann. »Sie war die einzige Frau, die ich je geliebt habe - oh, machen Sie sich nicht lächerlich, Bristol. Die anderen haben nicht gezählt. Ich brachte sie hierher, wo ich König war. Sie konnte nicht fliehen, konnte keine Nachricht an die Außenwelt übermitteln. In dieser Gegend leben nur Nigger-Nachfahren der Sklaven, die meiner Familie gehörten. Mein Wort ist und war ihr einziges Gesetz. Ich schwöre, ich habe ihr nichts getan. Ich habe sie nur gefangen gehalten, um sie zu zwingen, mich zu heiraten. Ich wollte sie gar nicht anders haben. Ich war wütend, aber ich konnte nicht anders. Ich stamme aus einer Rasse von Autokraten, die sich nahmen, was sie wollten, kein Gesetz anerkannten außer ihren eigenen

Wünschen. Sie wissen das. Sie verstehen es. Sie stammen von derselben Rasse ab. Constance hasst mich, wenn das ein Trost für Sie ist, verdammt. Sie ist auch stark. Ich dachte, ich könnte ihren Willen brechen. Aber ich konnte es nicht, nicht ohne die Peitsche, und ich konnte es nicht ertragen, sie zu benutzen.«

Er grinste hässlich über das wilde Knurren, das von McGraths Lippen aufstieg. Die Augen des großen Mannes waren glühende Kohlen; seine harten Hände verknoteten sich zu eisernen Schlägen.

Ein Krampf durchzuckte Ballville, und Blut schoss ihm von den Lippen. Sein Grinsen verblasste und er sprach eilig weiter.

»Alles lief gut, bis Satan mich inspirierte, nach John De Albor zu schicken. Ich lernte ihn in Wien kennen, vor Jahren. Er ist aus Ostafrika – ein Teufel in Menschengestalt! Er sah Constance – er begehrte sie, wie es nur ein Mann seiner Art kann. Als ich das endlich erkannte, wollte ich ihn töten. Dann merkte ich, dass er stärker war als ich, dass er sich zum Herrn über die Nigger gemacht hatte – meine Nigger, denen mein Wort immer Gesetz war. Er erzählte ihnen von seinem teuflischen Kult ...«

»Voodoo«, murmelte McGrath unwillkürlich.

»Nein! Voodoo ist infantil neben dieser schwarzen Teufelei. Sehen Sie sich das Symbol auf meiner Brust an, wo De Albor es mit einem weißglühenden Eisen eingebrannt hat. Sie sind in Afrika gewesen. Sie kennen das Brandzeichen von Zambebwei. De Albor hetzte meine Neger gegen mich auf. Ich versuchte, mit Constance und Ahmed zu fliehen. Meine eigenen Schwarzen sperrten mich ein. Ich schmuggelte ein Telegramm durch einen Mann, der mir treu blieb, ins Dorf – sie verdächtigten ihn und folterten ihn, bis er alles zugab. John De Albor brachte mir seinen Kopf. – Vor der endgültigen Trennung habe ich Constance an einem Ort versteckt, wo niemand sie jemals finden wird, außer dir. De Albor folterte Ahmed so lange, bis er erzählte, dass ich einen Freund des Mädchens zu uns geschickt hatte, um uns zu helfen. Dann schickte De Albor seine Männer mit dem, was von Ahmed übrig war, die Straße hinauf, als Warnung für Sie, falls Sie kommen sollten. Es war heute Morgen, als sie uns ergriffen; ich versteckte Constance letzte Nacht. Nicht einmal Ahmed wusste, wo. De Albor hat mich gefoltert, damit ich es sage –«

Die Hände des Sterbenden ballten sich zu Fäusten, und in seinen Augen loderte ein wildes, leidenschaftliches Licht. McGrath wusste, dass nicht alle Qualen der Hölle dieses Geheimnis den eisernen Lippen von Ballville hätten entreißen können.

»Es war das Mindeste, was Sie tun konnten«, sagte McGrath, seine Stimme war rau vor widersprüchlichen Gefühlen. »Wegen Ihnen habe ich drei Jahre lang in der Hölle gelebt – und Constance auch. Sie verdienen es zu sterben. Wenn Sie nicht schon im Sterben lägen, würde ich Sie selbst umbringen.«

»Verdammt, denken Sie, ich will Ihre Vergebung?«, keuchte der Sterbende. »Ich bin froh, dass Sie gelitten haben. Wenn Constance Ihre Hilfe nicht bräuchte, würde ich Sie gerne so sterben sehen wie ich sterbe – und ich werde in der Hölle auf Sie warten. Aber genug davon. De Albor ließ mich eine Weile allein, um sich zu vergewissern, dass Ahmed tot war. Diese Bestie hat meinen Brandy getrunken und beschlossen, mich selbst zu quälen. – Hören Sie zu – Constance ist in der Verlorenen Höhle versteckt. Kein Mensch auf der Welt weiß von ihrer Existenz, außer Ihnen und mir, nicht mal die Neger. Vor langer Zeit habe ich eine Eisentür am Eingang angebracht und den Mann getötet, der das Werk vollbracht hat; das Geheimnis ist also sicher. Es gibt keinen Schlüssel. Man muss sie öffnen, indem man bestimmte Knöpfe betätigt.«

Es fiel dem Mann immer schwerer, sich verständlich auszudrücken. Schweiß tropfte von seinem Gesicht, und die Sehnen seiner Arme zitterten.

»Fahren Sie mit den Fingern über den Rand der Tür, bis Sie drei Knöpfe finden, die ein Dreieck bilden. Sie können sie nicht sehen; Sie müssen sie fühlen. Drücken Sie jeden davon gegen den Uhrzeigersinn, dreimal, rundherum. Ziehen Sie dann an der Stange. Die Tür wird sich öffnen. Nehmen Sie Constance und kämpfen Sie sich den Weg nach draußen frei. Wenn Sie sehen, dass sie Sie erwischen wollen, erschießen Sie sie. Lassen Sie sie nicht in die Hände dieser schwarzen Bestie fallen ...«

Die Stimme steigerte sich zu einem Schrei, Schaum spritzte von den sich windenden Lippen, und Richard Ballville hob sich fast aufrecht, dann kippte er schlaff zurück. Der eiserne Wille, der den gebrochenen Körper beseelt hatte, war endlich zerbrochen, so wie ein gespannter Draht auseinanderriss.

McGrath blickte auf die reglose Gestalt hinunter, sein Gehirn war ein Strudel brodelnder Emotionen, dann drehte er sich um, starrte zur Tür, jeder Nerv kribbelte, seine Pistole sprang ihm in die Hand.

3. Der Schwarze Priester

Ein Mann stand in der Tür, die sich zur großen äußeren Halle hin öffnete – ein hochgewachsener Mann in einem seltsamen fremden Gewand. Er trug einen Turban und einen Seidenmantel, der mit einem bunten Gürtel zusammengehalten war, und an seinen Füßen türkische Pantoffeln. Seine Haut war nicht viel dunkler als die von McGrath, seine Gesichtszüge waren trotz der schweren Brille, die er trug, deutlich orientalisch.

»Wer zum Teufel sind Sie?«, fragte McGrath und musterte ihn.

»Ali ibn Suleyman, Effendi«, antwortete der andere in einwandfreiem Arabisch. »Ich bin auf Drängen meines Bruders Ahmed ibn Suleyman, dessen Seele der Prophet beschützen möge, an diesen Ort des Teufels gekommen. In New Orleans erhielt ich seinen Brief. Ich eilte hierher. Und siehe da, als ich durch den Wald schlich, sah ich schwarze Männer, die den Leichnam meines Bruders zum Fluss schleppten. Ich ging weiter und suchte seinen Herrn.«

McGrath deutete stumm auf den toten Mann. Der Araber senkte sein Haupt in stattlicher Ehrfurcht.

»Mein Bruder hat ihn geliebt«, sagte er. »Ich möchte Rache nehmen für meinen Bruder und für den Herrn meines Bruders. Effendi, lass mich mit dir gehen.«

»In Ordnung.« McGrath brannte vor Ungeduld. Er kannte die fanatische Sippentreue der Araber und wusste, dass Ahmeds einziger anständiger Charakterzug eine wilde Hingabe für den Schurken gewesen war, dem er gedient hatte. »Folgen Sie mir.«

Mit einem letzten Blick auf den Gutsherrn und den schwarzen Körper, der sich wie ein Menschenopfer vor ihm ausbreitete, verließ McGrath die Folterkammer.

Genau so, dachte er, könnte einer von Ballvilles Krieger-König-Vorfahren in irgendeinem düsteren vergangenen Zeitalter gelegen haben, mit einem geschlachteten Sklaven zu seinen Füßen, um seinem Geist im Land der Geister zu dienen.

Mit dem Araber an seinen Fersen tauchte McGrath in die umschlingenden Kiefern ein, die in der stillen Hitze des Mittags schlummerten. Schwach drang ein entferntes Geräusch an seine Ohren, das von einer vagabundierenden Brise getragen wurde. Es klang wie das Pochen einer fernen Trommel.

»Kommen Sie!«

McGrath schritt durch die Ansammlung von Nebengebäuden und stürzte in den Wald, der sich dahinter erhob. Auch hier hatten sich einst die Felder erstreckt, die den Reichtum der aristokratischen Ballvilles begründeten; aber seit vielen Jahren waren sie verlassen. Pfade schlängelten sich ziellos durch den zerklüfteten Bewuchs, bis die wachsende Dichte der Bäume den Eindringlingen verriet, dass sie sich in einem Wald befanden, der noch nie die Axt des Holzfällers gesehen hatte. McGrath suchte nach einem Weg. Eindrücke, die man in der Kindheit erhält, sind immer bleibend. Die Erinnerung bleibt, überlagert von späteren Dingen, aber unfehlbar durch die Jahre. McGrath fand schließlich den Pfad, den er suchte, eine schemenhafte Spur, die sich durch die Bäume schlängelte.

Sie waren gezwungen, im Gänsemarsch zu gehen; die Äste zerkratzten ihre Kleidung, ihre Füße sanken in den Teppich aus Tannennadeln ein. Das Land wurde allmählich niedriger. Kiefern wichen Zypressen, die von Gestrüpp erstickt wurden. Unter den Bäumen schimmerten schmierige Tümpel mit abgestandenem Wasser. Ochsenfrösche quakten, Moskitos sangen mit wahnsinniger Eindringlichkeit um sie herum. Fernab dröhnte eine Trommel über die Pinelands.

McGrath wischte sich den Schweiß aus den Augen. Diese Trommel weckte Erinnerungen, die gut zu dieser düsteren Umgebung passten. Seine Gedanken kehrten zu der scheußlichen Narbe zurück, die auf Richard Ballvilles nackter Brust eingebrannt war. Ballville hatte angenommen, dass er, McGrath, ihre Bedeutung kannte; aber das tat er nicht. Dass sie schwarzes Grauen und Wahnsinn ankündigte, wusste er, aber ihre volle Bedeutung war ihm unbekannt. Nur ein einziges Mal hatte er dieses Symbol gesehen, in dem von Schrecken heimgesuchten Land von Zambebwei, in das sich nur wenige Weiße je gewagt hatten und aus dem nur ein einziger Weißer je lebend entkommen war. Bristol McGrath war dieser Mann, und er war nur bis an den Rand dieses abgründigen Landes aus Dschungel und schwarzem Sumpf vorgedrungen. Er war nicht in der Lage gewesen, tief genug in dieses verbotene Reich einzutauchen, um die grausigen Geschichten zu beweisen oder zu widerlegen, die die Menschen über einen uralten Kult flüsterten, der ein prähistorisches Zeitalter überlebt hatte, über die Anbetung einer Monstrosität, deren Form ein akzeptiertes Naturgesetz verletzte. Wenig genug hatte er gesehen; aber was er gesehen hatte, hatte ihn mit schauderndem Entsetzen erfüllt, das jetzt manchmal in purpurnen Albträumen wiederkehrte.

Kein Wort war zwischen den Männern gefallen, seit sie das Herrenhaus verlassen hatten. McGrath stürzte weiter durch die Vegetation, die den Pfad erstickte. Eine fette, stumpfschwänzige Mokassinschlange schlüpfte unter seinen Füßen hervor und verschwand. Das Wasser konnte nicht weit entfernt sein; ein paar weitere Schritte verrieten es. Sie standen am Rande eines feuchten, schleimigen Sumpfes, aus dem ein Miasma aus verrottendem Pflanzenmaterial aufstieg. Zypressen beschatteten ihn. Der Weg endete an seinem Rand. Der Sumpf erstreckte sich in die Ferne, verlor sich schnell im Dämmerlicht.

»Was nun, Effendi?«, fragte Ali. »Sollen wir durch diesen Morast schwimmen?«

»Er ist voll von bodenlosen Sümpfen«, antwortete McGrath. »Es wäre Selbstmord für einen Mann, sich hineinzubegeben. Nicht einmal die Nigger aus den Pinienwäldern haben je versucht, ihn zu durchqueren. Aber es gibt einen Weg, um zu dem Hügel zu gelangen, der sich in der Mitte erhebt. Man kann ihn gerade noch erahnen, zwischen den Zweigen der Zypressen, siehst du? Vor Jahren, als Ballville und ich Jungs und Freunde waren, entdeckten wir einen alten Indianerpfad, eine geheime, versunkene Straße, die zu diesem Hügel führte. In dem Hügel ist eine Höhle, und eine Frau ist in dieser Höhle gefangen. Ich werde zu ihr gehen. Wollen Sie mir folgen, oder hier auf mich warten? Der Weg ist gefährlich.«

»Ich werde mitgehen, Effendi«, antwortete der Araber.

McGrath nickte anerkennend und begann, die Bäume um ihn herum abzusuchen. Bald fand er, was er suchte, ein schwacher Fleck auf einer riesigen Zypresse, ein altes, fast unmerkliches Zeichen. Zuversichtlich schritt er in den Sumpf neben dem Baum. Er selbst hatte dieses Zeichen gemacht, vor langer Zeit. Das schaumige Wasser stieg über seine Schuhsohlen, aber nicht höher. Er stand auf einem flachen Felsen, oder besser gesagt auf einem Steinhaufen, dessen oberste Spitze knapp unter der stagnierenden Oberfläche lag. Er entdeckte eine bestimmte knorrige Zypresse, die weit draußen im Schatten des Sumpfes stand, und begann, direkt darauf zuzugehen, wobei er seine Schritte sorgfältig verteilte und jeder einzelne ihn zu einer Felsstufe führte, die unsichtbar unter dem trüben Wasser lag. Ali ibn Süleyman folgte ihm und ahmte seine Bewegungen nach.

Sie gingen durch den Sumpf und folgten den markierten Bäumen, die ihnen als Wegweiser dienten. McGrath wunderte sich erneut über die Motive, die die alten Erbauer des Pfades dazu getrieben hatten, diese riesigen Felsen von weit her zu holen und sie wie Pflöcke in den Morast zu versenken. Die Arbeit musste gigantisch gewesen sein und ein hohes Maß an technischem Geschick erfordert haben. Warum hatten die Indianer diese kaputte Straße zur Verlorenen Insel gebaut? Sicherlich hatten diese Insel und die Höhle darin eine religiöse Bedeutung für die roten Männer; oder vielleicht war es ihre Zuflucht vor einem stärkeren Feind.

Sie kamen nur langsam voran; ein falscher Schritt bedeutete das Eintauchen in sumpfigen Schlamm, in instabilen Morast, der einen Menschen bei lebendigem Leib verschlucken konnte. Die Insel wuchs vor ihnen aus den Bäumen heraus – eine kleine Anhöhe, umrahmt von einem von Vegetation überwucherten Strand. Durch das Blattwerk hindurch konnte man die Felswand sehen, die sich steil aus dem Strand erhob und eine Höhe von fünfzig oder sechzig Fuß erreichte. Sie sah fast wie ein Granitblock aus, der sich von einem flachen Sandrand erhob. Die Spitze war fast kahl von Bewuchs.

McGrath war blass, sein Atem kam in schnellen Zügen. Als sie auf den strandähnlichen Streifen traten, zog Ali mit einem mitleidigen Blick einen Flachmann aus seiner Tasche.

»Trinken Sie ein wenig Brandy, Effendi«, drängte er und berührte den Flaschenrand auf orientalische Weise mit seinen eigenen Lippen. »Es wird dir helfen.«

McGrath wusste, dass Ali seine offensichtliche Erregung für eine Folge von Erschöpfung hielt. Aber er war sich seiner jüngsten Anstrengungen kaum bewusst. Es waren die Emotionen, die in ihm tobten – der Gedanke an Constance Brand, deren schöne Gestalt ihn drei trostlose Jahre lang in seinen Träumen heimgesucht hatte. Er nahm einen tiefen Schluck von dem Schnaps, schmeckte ihn kaum und reichte die Flasche zurück.

»Komm schon!«

Das Hämmern seines eigenen Herzens war erstickend und übertönte das ferne Trommeln, als er durch die dichte Vegetation am Fuß der Klippe stieß. Auf dem grauen Felsen über der grünen Baummaske erschien ein seltsam geschnitztes Symbol, wie er es vor Jahren gesehen hatte, als seine Entdeckung ihn und Richard Ballville zu der verborgenen Höhle geführt hatte. Er riss die umklammernden Ranken und Wedel beiseite, und sein Atem stockte beim Anblick einer schweren Eisentür, die in den schmalen Spalt eingesetzt war, der sich in der Granitwand öffnete.

McGraths Finger zitterten, als sie über das Metall strichen, und hinter ihm konnte er Ali schwer atmen hören. Etwas von der Aufregung des weißen Mannes hatte sich auf den Araber übertragen. McGraths Hände fanden die drei Knöpfe, die die Spitzen eines Dreiecks bildeten – bloße Ausstülpungen, für den Betrachter nicht sichtbar. Er gewann die Kontrolle über seine springenden Nerven und drückte die Knöpfe, wie Ballville es ihm aufgetragen hatte, und spürte, wie sie beim dritten Druck leicht nachgaben. Dann hielt er den Atem an, griff nach der Stange, die in der Mitte der Tür angeschweißt war, und zog daran. Geschmeidig, auf geölten Scharnieren, schwang das massive Portal auf.

Sie blickten in einen breiten Tunnel, der in einer weiteren Tür endete, diesmal ein Gitter aus Stahlstäben. Der Tunnel war nicht dunkel; er war sauber und geräumig, und die Decke war durchbohrt worden, damit Licht eindringen konnte, die Löcher waren mit Gittern abgedeckt, um Insekten und Reptilien fernzuhalten. Aber durch das Gitter erblickte er etwas, das ihn den Tunnel entlang rasen ließ, wobei ihm das Herz fast aus den Rippen brach. Ali war ihm dicht auf den Fersen.

Die Gittertür war nicht verschlossen. Sie schwang unter seinen Fingern nach außen. Er stand regungslos, fast betäubt von der Wucht seiner Gefühle.

Seine Augen wurden von einem goldenen Schimmer geblendet; ein Sonnenstrahl fiel durch das durchbrochene Felsendach und schlug ein sanftes Feuer aus der herrlichen Fülle goldenen Haares, das über den weißen Arm floss, der den schönen Kopf auf dem geschnitzten Eichentisch stützte.

»Constance!« Es war ein Schrei des Hungers und der Sehnsucht, der aus seinen fahlen Lippen hervorbrach.

Das Mädchen, das den Schrei wiederholte, sprang auf, starrte wild umher, die Hände an den Schläfen, das zottelige Haar über die Schultern gewellt. Für seinen schwindelerregenden Blick schien sie in einer Aureole aus goldenem Licht zu schweben.

»Bristol! Bristol McGrath!«, wiederholte sie seinen Ruf mit einem gequälten, ungläubigen Schrei. Dann war sie in seinen Armen, ihre weißen Arme umklammerten ihn in einer verzweifelten Umarmung, als fürchte sie, er sei nur ein Phantom, das ihr entschwinden könnte.

Für einen Moment hörte die Welt auf, für Bristol

McGrath zu existieren. Er hätte blind, taub und stumm sein können für das Universum als Ganzes. Sein benommenes Gehirn nahm nur die Frau in seinen Armen wahr, seine Sinne waren berauscht von ihrer Sanftheit und Zartheit, seine Seele betäubt von der überwältigenden Erkenntnis eines Traums, den er für tot und für immer verschwunden gehalten hatte.

Als er wieder zusammenhängend denken konnte, schüttelte er sich wie ein Mann, der aus einer Trance erwachte, und starrte dumpf um sich. Er befand sich in einer weiten Kammer, die in den festen Fels gehauen war. Wie der Tunnel war sie von oben beleuchtet, und die Luft war frisch und sauber. Es gab Stühle, Tische und eine Hängematte, Teppiche auf dem felsigen Boden, Dosen mit Essen und einen Wasserkühler. Ballville hatte es nicht versäumt, für den Komfort seiner Gefangenen zu sorgen. McGrath blickte sich nach dem Araber um und sah ihn jenseits des Gitters. Rücksichtsvoll hatte er sich nicht in ihr Wiedersehen eingemischt.

»Drei Jahre!«, schluchzte das Mädchen. »Drei Jahre habe ich gewartet. Ich wusste, dass du kommen würdest! Ich wusste es! Aber wir müssen vorsichtig sein, mein Schatz. Richard wird dich umbringen, wenn er dich findet – uns beide!«

»Er wird niemanden umbringen«, antwortete McGrath. »Aber wir müssen trotzdem von hier verschwinden.«

Ihre Augen blitzten mit neuem Schrecken auf.

»Ja! John De Albor! Ballville hatte Angst vor ihm. Deshalb sperrte er mich hier ein. Er sagte, er hätte nach dir geschickt. Ich hatte Angst um dich ...«

»Ali!« McGrath rief. »Komm hier rein. Wir verschwinden jetzt von hier, und wir sollten etwas Wasser und Essen mitnehmen. Vielleicht müssen wir uns in den Sümpfen verstecken, bis ...«

Abrupt schrie Constance auf, riss sich aus den Armen ihres Geliebten. Und McGrath, erstarrt durch die plötzliche, furchtbare Angst in ihren großen Augen, spürte den dumpfen, ruckartigen Aufprall eines wilden Schlages auf seinen Schädel. Das Bewusstsein verließ ihn nicht, aber eine seltsame Lähmung erfasste ihn. Er fiel wie ein leerer Sack auf den steinernen Boden und lag da wie ein Toter, hilflos starrte er auf die Szene, die sein Gehirn mit Wahnsinn färbte – ein rasender Kampf im Griff des Mannes, den er als Ali ibn Süleyman gekannt hatte und der nun schrecklich verwandelt war.

Der Mann hatte seinen Turban und seine Brille abgeworfen. Und im trüben Weiß seiner Augen las McGrath die Wahrheit mit ihren grausigen Implikationen – der Mann war kein Araber. Er war ein Mischling mit einem kleinen negroiden Anteil. Dennoch musste etwas von seinem Blut arabisch sein, denn sein Gesicht hatte einen leicht semitischen Einschlag, und dieser Einschlag, zusammen mit seinem orientalischen Gewand und seiner perfekten Darstellung seiner Rolle, hatte ihn echt erscheinen lassen. Doch nun hatte all dies abgelegt und sein negroider Zug stand im Vordergrund; sogar seine Stimme, die das sonore Arabisch ausgesprochen hatte, war nun der kehlige Gutturale der Schwarzen.

»Sie haben ihn umgebracht!«, schluchzte das Mädchen hysterisch und bemühte sich vergeblich, sich von den grausamen Fingern zu befreien, die ihre weißen Handgelenke gefangen hielten.

»Er ist noch nicht tot«, lachte der Mischling. »Der Narr hat einen drogenhaltigen Brandy getrunken – eine Droge, die man nur im Dschungel von Zambebwei findet. Sie bleibt im System inaktiv, bis sie durch einen scharfen Schlag auf ein Nervenzentrum wirksam wird.«

»Bitte tun Sie etwas für ihn!«, flehte sie.

Der Bursche lachte brutal.

»Warum sollte ich? Er hat seinen Zweck erfüllt. Soll er doch liegen bleiben, bis die Sumpfschnecken an seinen Knochen knabbern. Ich würde mir das gerne ansehen – aber wir werden weit weg sein, bevor die Nacht hereinbricht.« Seine Augen leuchteten mit der bestialischen Befriedigung der Besessenheit. Der Anblick dieser weißen Schönheit, die in seinem Griff zappelte, schien die ganze Dschungellust in dem Mann zu wecken. McGraths Zorn und Agonie fanden nur in seinen blutunterlaufenen Augen Ausdruck. Er konnte weder Hand noch Fuß bewegen.

»Es war gut, dass ich allein zum Herrenhaus zurückgekehrt bin«, lachte der Achtelneger. »Ich schlich mich ans Fenster, während dieser Narr mit Richard Ballville sprach. Mir kam der Gedanke, mich von ihm zu dem Ort führen zu lassen, an dem Sie versteckt waren. Es war mir nie in den Sinn gekommen, dass es im Sumpf ein Versteck gibt. Ich hatte den Mantel, die Pantoffeln und den Turban des Arabers; ich dachte, ich könnte sie vielleicht mal gebrauchen. Die Brille war auch hilfreich. Es war nicht schwer, einen Araber aus mir zu machen. Dieser Mann hatte John De Albor noch nie gesehen. Ich wurde in Ostafrika geboren und wuchs als Sklave im Haus eines Arabers auf – bevor ich weglief und ins Land der Zambebwei wanderte. – Aber genug. Wir müssen gehen. Die Trommel lärmt schon den ganzen Tag. Die Schwarzen sind unruhig. Ich versprach ihnen ein Opfer für Zemba. Ich wollte den Araber benutzen, aber als ich die gewünschte Information aus ihm herausgefoltert hatte, war er nicht mehr als Opfer geeignet.

Sollen sie doch ihre dumme Trommel schlagen. Sie hätten dich gern als Braut von Zemba, aber sie wissen nicht, dass ich dich gefunden habe. Ich habe ein Motorboot fünf Meilen von hier auf dem Fluss versteckt ...«

»Sie Narr!«, kreischte Constance und wehrte sich leidenschaftlich. »Glauben Sie, Sie können ein weißes Mädchen wie eine Sklavin den Fluss hinuntertragen?«

»Ich habe eine Droge, die Sie wie eine tote Frau lähmen wird«, sagte er. »Sie werden auf dem Boden des Bootes liegen, bedeckt mit Säcken. Wenn ich den Dampfer betrete, der uns von diesen Ufern wegbringen soll, werden Sie sich in einem großen, gut belüfteten Koffer in meiner Kabine befinden. Sie werden nichts von den Unannehmlichkeiten der Reise merken. Sie werden in Afrika aufwachen ...«

Er fummelte in seinem Hemd herum, wobei er sie mit einer Hand losließ. Mit einem rasenden Schrei und einem verzweifelten Ruck riss sie sich los und raste durch den Tunnel hinaus. John De Albor stürzte ihr brüllend hinterher. Ein roter Schleier schwebte vor McGraths wütenden Augen. Das Mädchen würde in den Sümpfen zu Tode stürzen, wenn sie sich nicht an die Wegweiser erinnerte – vielleicht war es der Tod, den sie suchte, und nicht das Schicksal, das der teuflische Mann für sie vorgesehen hatte.

Dann waren sie aus seinem Blickfeld verschwunden und aus dem Tunnel raus; aber plötzlich schrie Constance wieder mit einer neuen Schärfe. An McGraths Ohren drang ein aufgeregtes Gerede aus Negerkehlen. De Albors Stimme erhoben sich in wütendem Protest. Constance schluchzte hysterisch. Die Stimmen entfernten sich. McGrath erhaschte durch die verdeckende Vegetation einen undeutlichen Blick auf eine Gruppe von Gestalten, als sie sich über die Linie des Tunneleingangs bewegte. Er sah, wie Constance von einem halben Dutzend hünenhafter Schwarzer mitgeschleift wurde, die typisch für die Kiefernwaldbewohner waren, und hinter ihnen her kam John De Albor, seine Hände beredt im Zwist einer Meinungsverschiedenheit. Dieser Blick durch die Vegetation hindurch war alles, dann war der Tunneleingang leer und ein Geräusch von plätscherndem Wasser verklang im Sumpf.

4. Der Hunger des Schwarzen Gottes

In der brütenden Stille der Höhle lag Bristol McGrath und starrte ausdruckslos nach oben, seine Seele eine brodelnde Hölle. Narr, Narr, sich so leicht täuschen zu lassen! Doch wie hätte er es wissen können? Er hatte De Albor nie gesehen; er hatte angenommen, dieser sei ein vollblütiger Neger. Ballville hatte ihn eine schwarze Bestie genannt, aber er musste damit seine Seele gemeint haben. De Albor, abgesehen von der verräterischen Trübung seiner Augen, könnte überall als Weißer durchgehen.

Die Anwesenheit dieser schwarzen Männer bedeutete nur eines: Sie waren ihm und De Albor gefolgt, hatten Constance ergriffen, als sie aus der Höhle stürzte. De Albors offensichtliche Angst hatte eine schreckliche Konsequenz; er hatte gesagt, die Schwarzen wollten Constance opfern – jetzt war sie in ihren Händen.

»Gott!« Das Wort platzte aus McGraths Lippen, erschreckend in der Stille, erschreckend für den Sprecher. Er war wie elektrisiert; ein paar Augenblicke zuvor war er stumm gewesen. Aber jetzt entdeckte er, dass er seine Lippen, seine Zunge bewegen konnte. Das Leben stahl sich zurück durch seine toten Glieder; sie stachen, als ob der Kreislauf zurückkehrte. Verzweifelt ermutigte er den trägen Fluss. Mühsam bearbeitete er seine Extremitäten, seine Finger, Hände, Handgelenke und schließlich, mit einem Anflug von wildem Triumph, seine Arme und Beine. Vielleicht hatte De Albors Höllendroge durch das Alter etwas von ihrer Kraft verloren. Vielleicht warf McGraths ungewöhnliche Ausdauer die Wirkung ab, wie es ein anderer Mann nicht hätte tun können.

Die Tunneltür war nicht geschlossen worden, und

McGrath wusste, warum; sie wollten die Insekten nicht aussperren, die sich bald eines hilflosen Körpers entledigen würden; schon strömten die Plagegeister durch die Tür, eine lärmende Horde.

McGrath erhob sich endlich, taumelnd und benommen, aber jede Sekunde mit stärker werdender Lebenskraft. Als er aus der Höhle torkelte, begegnete ihm kein lebendes Wesen. Es waren Stunden vergangen, seit die Neger mit ihrer Beute abgereist waren. Er horchte nach der Trommel. Es war still. Die Stille stieg wie ein unsichtbarer schwarzer Nebel um ihn auf. Stolpernd tappte er den Felsenpfad entlang, der auf harten Boden führte. Hatten die Schwarzen ihren Gefangenen zurück in das todgeweihte Herrenhaus oder tiefer in die Kiefernwälder gebracht?

Ihre Spuren waren im Schlamm deutlich zu erkennen: ein halbes Dutzend Paar nackter, gespreizter Füße, die schmalen Abdrücke von Constanzes Schuhen, die Abdrücke von De Albors türkischen Pantoffeln. Er folgte ihnen mit zunehmender Schwierigkeit, als der Boden höher und härter wurde.

Er hätte die Stelle übersehen, an der sie vom schummrigen Pfad abbogen, wäre da nicht das Flattern eines Stückchens Seide in der schwachen Brise gewesen. Constance war dort gegen einen Baumstamm gestoßen, und die raue Rinde hatte ein Stück ihres Kleides abgefetzt. Die Gruppe war in Richtung Osten unterwegs gewesen, wo es zum Herrenhaus ging. An der Stelle, an der das Stück Stoff hing, war sie scharf nach Süden abgebogen. Die verfilzten Kiefernnadeln zeigten keine Spuren, aber verworrene Lianen und zur Seite gebogene Äste markierten ihren Weg, bis McGrath, diesen Zeichen folgend, auf einen anderen Pfad stieß, der nach Süden führte.

Hier und da gab es sumpfige Stellen, die Abdrücke von nackten und beschuhten Füßen aufwiesen. McGrath eilte den Pfad entlang, die Pistole in der Hand, endlich im Vollbesitz seiner Kräfte. Sein Gesicht war grimmig und blass. De Albor hatte keine Gelegenheit gehabt, ihn zu entwaffnen, nachdem er den tückischen Schlag ausgeführt hatte. Sowohl der Mischling als auch die Schwarzen des Pinelands glaubten, dass er hilflos in der Verlorenen Höhle liegen würde. Das war zumindest zu seinem Vorteil.

Er spitzte die Ohren und suchte vergeblich nach der Trommel, die er früher am Tag gehört hatte. Die Stille beruhigte ihn nicht. Bei einem Voodoo-Opfer würden die Trommeln donnern, aber er wusste, dass er es mit etwas zu tun hatte, das noch viel älter und abscheulicher war als Voodoo.

Immerhin war Voodoo eine vergleichsweise junge Religion, geboren in den Hügeln Haitis. Hinter dem Nebel des Voodooismus erhoben sich die düsteren Religionen Afrikas, wie Granitfelsen, die man durch eine Maske aus grünen Wedeln erblickte. Der Voodooismus war ein wimmernder Säugling neben dem schwarzen, uralten Koloss, der seine schreckliche Gestalt in dem älteren Land durch unzählige Zeitalter hindurch aufgerichtet hatte, Zambebwei! Schon der Name ließ ihn erschaudern, ein Symbol für Schrecken und Angst. Es war mehr als der Name eines Landes und des geheimnisvollen Stammes, der dieses Land bewohnte; er bedeutete etwas furchtbar Altes und Böses, etwas, das seine natürliche Epoche überlebt hatte – eine Religion der Nacht und eine Gottheit, deren Name Tod und Schrecken war.

Er hatte keine Negerhütten gesehen. Er wusste, dass diese weiter östlich und südlich lagen, die meisten von ihnen zusammengekauert an den Ufern des Flusses und der Nebenbäche. Es war der Instinkt des schwarzen Mannes, seine Behausung an einem Fluss zu bauen, wie er seit der ersten grauen Morgendämmerung der Zeit am Kongo, am Nil und am Niger gebaut hatte. Zambebwei! Das Wort schlug wie das Pochen eines Tomtoms durch das Gehirn von Bristol McGrath. Die Seele des schwarzen Mannes hatte sich in den schlummernden Jahrhunderten nicht verändert. Veränderung mag im Lärm der Straßen der Stadt, in den rauen Rhythmen von Harlem kommen; aber die Sümpfe des Mississippi unterscheiden sich nicht genug von den Sümpfen des Kongo, um eine große Verwandlung im Geist einer Rasse zu bewirken, die alt war, bevor der erste weiße König das Stroh seines geflochtenen Hüttenpalastes webte.

Als er dem gewundenen Pfad durch das Dämmerlicht der großen Kiefern folgte, wunderte sich McGrath in seiner Seele nicht darüber, dass sich schlimme, schwarze Tentakel aus den Tiefen Afrikas sich über die Welt ausgebreitet hatten, um in einem fremden Land Albträume hervorzurufen. Bestimmte natürliche Bedingungen erzeugen bestimmte Wirkungen, züchten bestimmte Seuchen des Körpers oder des Geistes, unabhängig von ihrer geographischen Lage. Die flussgespickten Kiefernwälder waren auf ihre Art ebenso abgründig wie die stinkenden afrikanischen Dschungel.

Die Richtung des Weges führte weg vom Fluss. Das Land stieg ganz allmählich nach oben an, und alle Anzeichen von Sumpf verschwanden.

Der Pfad verbreiterte sich und zeigte Anzeichen einer häufigen Nutzung. McGrath wurde nervös. Jeden Moment konnte er jemandem begegnen. Er schlug sich durch den dichten Wald am Wegesrand und drängte sich vorwärts, wobei jede Bewegung in seinen gespitzten Ohren wie ein Kanonenschuss klang. Er schwitzte vor nervöser Anspannung und stieß schließlich auf einen kleineren Pfad, der sich in die Richtung schlängelte, in die er zu gehen wünschte. Die Kiefernwälder waren von solchen Pfaden durchzogen.

Er folgte diesem Pfad mit größerer Leichtigkeit und Geräuschlosigkeit, und als er zu einer Biegung kam, sah er, dass er sich mit dem Hauptweg verband. In der Nähe des Kreuzungspunktes stand eine kleine Blockhütte, und zwischen ihm und der Hütte hockte ein großer schwarzer Mann. Dieser Mann war hinter dem Stamm einer riesigen Kiefer am Rande des schmalen Pfades beinahe versteckt und spähte um diesen herum in Richtung der Hütte. Offensichtlich spionierte er jemanden aus, und es war schnell klar, wer das war, als John De Albor zur Tür kam und verzweifelt den breiten Pfad hinunterstarrte. Der schwarze Wächter versteifte sich und hob die Finger zum Mund, als wollte er einen weithin hörbaren Pfiff ausstoßen, aber De Albor zuckte hilflos mit den Schultern und wandte sich wieder der Hütte zu. Der Neger entspannte sich, änderte aber seine Wachsamkeit nicht.

Was das bedeutete, wusste McGrath nicht, und er hielt auch nicht inne, um darüber nachzudenken. Beim Anblick von De Albor verwandelte ein roter Nebel das Sonnenlicht in Blut, in dem der schwarze Körper vor ihm schwebte wie ein Ebenholzkobold.

Ein Panther, der sich auf seine Beute stürzt, hätte genauso wenig Lärm gemacht wie McGrath, als er den Pfad hinunter zu dem hockenden Schwarzen glitt. Er war sich keiner persönlichen Feindseligkeit gegenüber dem Mann bewusst, der nur ein Hindernis auf seinem

Weg der Rache war. Auf die Hütte konzentriert, hörte der Schwarze das heimliche Näherkommen nicht. Gleichgültig gegenüber allem anderen, bewegte er sich nicht und drehte sich nicht um – bis der Pistolenschaft mit einem Aufprall auf seinen wolligen Schädel niederging, der ihn besinnungslos zwischen den Tannennadeln liegen ließ.

McGrath hockte über seinem reglosen Opfer und lauschte. In der Nähe war kein Geräusch zu hören – doch plötzlich erhob sich in der Ferne ein langgezogener Schrei, der erbebte und verklang. Das Blut erstarrte in McGraths Adern. Schon einmal hatte er dieses Geräusch gehört – in den niedrigen, waldbedeckten Hügeln, die die Grenzen des verbotenen Zambebwei säumten. Die schwarzen Jungen hatten die Farbe von Asche angenommen und waren auf ihr Gesicht gefallen. Was es war, wusste er nicht; und die Erklärung, die ihm die zitternden Eingeborenen gaben, war zu ungeheuerlich, um von einem rationalen Verstand akzeptiert zu werden. Sie nannten es die Stimme des Gottes von Zambebwei.

Zum Handeln getrieben, stürzte McGrath den Pfad hinunter und schleuderte sich gegen die Hintertür der Hütte. Er wusste nicht, wie viele Schwarze drinnen waren; es war ihm egal. Er war außer sich vor Trauer und Wut.

Die Tür krachte unter dem Aufprall nach innen. Er kam drinnen auf die Beine, hockte sich hin, das Gewehr hüfthoch erhoben, die Lippen knirschend.

Aber nur ein Mann stand ihm gegenüber – John De Albor, der mit einem erschrockenen Schrei aufsprang. Die Waffe fiel McGrath aus den Fingern. Weder Blei noch Stahl konnten jetzt seinen Hass stillen. Er musste mit nackten Händen die Seiten der Zivilisation zurückblättern zu den Tagen der roten Morgendämmerung des Urzeitalters.

Mit einem Knurren, das weniger dem Schrei eines Menschen als dem Grunzen eines angreifenden Löwen glich, schlossen sich McGraths grimmige Hände um die Kehle des Mischlings. De Albor wurde durch die Wucht des Aufpralls nach hinten geschleudert, und die Männer stürzten zusammen über eine Lagerpritsche, die in Trümmer zerschellte. Und während sie auf dem dreckigen Boden taumelten, machte sich McGrath daran, seinen Feind mit bloßen Fingern zu töten.

Der Achtelneger war ein großer Mann, schlaksig und stark. Aber gegen den berserkerhaften Weißen hatte er keine Chance. Er wurde herumgeschleudert wie ein Strohsack, geschlagen und wild gegen den Boden geschmettert, und die eisernen Finger, die seine Kehle zerquetschten, sanken tiefer und tiefer, bis seine Zunge aus den klaffenden blauen Lippen ragte und seine Augen aus dem Kopf traten. Als der Tod nur noch eine Handbreit von dem Mann entfernt war, kehrte ein gewisses Maß an Vernunft in McGrath zurück.

Er schüttelte den Kopf wie ein benommener Stier, lockerte seinen schrecklichen Griff ein wenig und knurrte: »Wo ist das Mädchen? Schnell, bevor ich dich umbringe!«

De Albor würgte und rang nach Atem, mit aschfahlem Gesicht. »Die Schwarzen!«, keuchte er. »Sie haben sie entführt, um die Braut von Zemba zu werden! Ich konnte sie nicht aufhalten. Sie verlangen ein Opfer. Ich bot ihnen an, Sie zu nehmen, aber sie sagten, Sie wären gelähmt und würden sowieso sterben – sie waren schlauer, als ich dachte. Sie folgten mir von der Stelle, wo wir den Araber zurückließen, zurück zum Gutshof – folgten uns vom Gutshof zur Insel. Sie sind außer

Kontrolle – verrückt vor Blutgier. Aber selbst ich, der ich die schwarzen Männer kenne wie kein anderer, hatte vergessen, dass nicht einmal ein Priester von Zambebwei sie kontrollieren kann, wenn das Feuer der Teufelsanbetung in ihren Adern fließt. Ich bin ihr Priester und Meister – doch als ich das Mädchen retten wollte, zwangen sie mich in diese Hütte und setzten einen Mann ein, der mich bewachen sollte, bis das Opfer vollzogen ist. Sie müssen ihn getötet haben; er hätte Sie niemals hier hineingelassen.«

Mit kalter Grimmigkeit hob McGrath seine Pistole auf.

»Sie sind als Freund von Richard Ballville hierhergekommen«, sagte er emotionslos. »Um in den Besitz von Constance Brand zu kommen, haben Sie aus den Schwarzen Teufelsanbeter gemacht. Dafür haben Sie den Tod verdient. Wenn die europäischen Behörden, die Afrika regieren, einen Priester von Zambebwei erwischen, hängen sie ihn. Sie haben zugegeben, dass Sie ein Priester sind. Ihr Leben ist auch in dieser Hinsicht verwirkt. Wegen Ihrer höllischen Lehren soll Constance Brand sterben, und aus diesem Grund werde ich Ihnen das Hirn wegblasen.«

John De Albor zuckte zusammen. »Sie ist noch nicht tot«, keuchte er, große Schweißtropfen tropften von seinem aschfahlen Gesicht. »Sie wird nicht sterben, bis der Mond hoch über den Kiefern steht. Heute Nacht ist er voll, der Mond von Zambebwei. Töten Sie mich nicht. Nur ich kann sie retten. Ich weiß, ich habe schon einmal versagt. Aber wenn ich zu ihnen gehe, ihnen plötzlich und ohne Vorwarnung erscheine, werden sie denken, dass ich nur dank übernatürlicher Kräfte aus der Hütte fliehen konnte, ohne vom Wächter gesehen zu werden. Das wird mein Prestige erneuern. – Sie selbst können sie nicht retten. Sie könnten ein paar Schwarze erschießen, aber es wären immer noch viele übrig, die Sie töten würden – und das Mädchen. Aber ich habe einen Plan – ja, ich bin ein Priester von Zambebwei. Als Junge floh ich vor meinem arabischen Herrn und wanderte weit, bis ich in das Land von Zambebwei kam. Dort wuchs ich zum Mann heran, wurde Priester und lebte dort, bis das weiße Blut in mir mich wieder in die Welt hinauszog, um die Wege der Weißen kennen zu lernen. Als ich nach Amerika kam, brachte ich einen Zemba mit – ich kann nicht sagen, wie. Lassen Sie mich Constance Brand retten!«

Er krallte sich an McGrath fest und zitterte wie bei einem Fieberanfall. »Ich liebe sie, so wie Sie sie lieben. Ich werde mit Ihnen beiden fair spielen, ich schwöre es! Lassen Sie mich sie retten! Wir können später um sie kämpfen, und ich werde Sie töten, wenn ich kann.«

Die Offenheit dieser Aussage bewegte McGrath mehr als alles andere, was der Mischling hätte sagen können. Es war ein verzweifeltes Spiel – aber schließlich würde es Constance nicht schlechter gehen, als es ihr ohnehin schon ging, wenn John De Albor lebte. Sie würde vor Mitternacht tot sein, wenn nicht schnell etwas unternommen wurde.

»Wo ist der Ort des Opfers?«, fragte McGrath.

»Drei Meilen entfernt, auf einer offenen Lichtung«, antwortete De Albor. »Südlich auf dem Pfad, der an meiner Hütte vorbeiführt. Alle Schwarzen sind dort versammelt, außer meiner Wache und einigen anderen, die den Pfad unterhalb der Hütte bewachen. Sie sind entlang des Pfades verstreut, die nächstgelegenen außer Sichtweite meiner Hütte, aber in Hörweite des lauten, schrillen Pfeifens, mit dem sich diese Leute gegenseitig Zeichen geben. Das ist mein Plan. Sie warten hier in meiner Hütte oder im Wald, wie Sie wollen. Ich werde den Wächtern auf dem Weg ausweichen und plötzlich vor den Schwarzen im Haus von Zemba auftauchen. Ein plötzliches Auftauchen wird sie tief beeindrucken, wie ich sagte. Ich weiß, dass ich sie nicht dazu überreden kann, ihren Plan aufzugeben, aber ich werde sie dazu bringen, das Opfer bis kurz vor dem Morgengrauen zu verschieben. Und vor dieser Zeit werde ich es schaffen, das Mädchen zu befreien und mit ihr zu fliehen. Ich werde zu Ihrem Versteck zurückkehren, und wir werden uns gemeinsam den Weg nach draußen erkämpfen.«

McGrath lachte. »Halten Sie mich für einen Vollidioten? Sie würden Ihre Schwarzen schicken, um mich zu ermorden, während Sie Constance wegbringen, wie Sie es geplant haben. Ich gehe mit Ihnen. Ich werde mich am Rande der Lichtung verstecken, um Ihnen zu helfen, wenn Sie Hilfe brauchen. Und wenn Sie eine falsche Bewegung machen, kriege ich Sie, wenn ich sonst niemanden kriege.«

Die trüben Augen des Achtelnegers glitzerten, aber er nickte zustimmend.

»Helfen Sie mir, den Wächter in die Hütte zu bringen«, sagte McGrath. »Er wird gleich zu sich kommen. Wir werden ihn fesseln und knebeln und ihn hier lassen.«

Die Sonne ging gerade unter und die Dämmerung stahl sich über das Pinienland, als McGrath und sein seltsamer Begleiter sich durch den schattigen Wald schlichen. Sie hatten einen Bogen nach Westen gemacht, um den Wächtern auf dem Pfad auszuweichen, und folgten nun den vielen schmalen Fußpfaden, die sich durch den Wald schlängelten. Vor ihnen herrschte Stille, und McGrath erwähnte dies.

»Zemba ist ein Gott der Stille«, murmelte De Albor. »Von Sonnenuntergang bis Sonnenaufgang in der Vollmondnacht wird keine Trommel geschlagen. Wenn ein Hund bellt, muss er erschlagen werden; wenn ein Baby schreit, muss es getötet werden. Schweigen verschließt die Kiefer der Menschen, bis Zemba brüllt. Nur seine Stimme erhebt sich in der Nacht des Zemba-Mondes.«

McGrath schauderte. Die üble Gottheit war natürlich ein ungreifbarer Geist, nur in der Legende verkörpert; aber De Albor sprach von ihr als einem lebendigen Wesen.

Ein paar Sterne blinzelten hervor, und Schatten krochen durch den dichten Wald und verwischten die Stämme der Bäume, die in der Dunkelheit miteinander verschmolzen. McGrath wusste, dass sie nicht weit vom Haus von Zemba entfernt sein konnten. Er spürte die nahe Anwesenheit einer Menschenmenge, obwohl er nichts hörte.

De Albor, der vor ihm war, blieb plötzlich stehen und ging in die Hocke. McGrath stand ebenfalls still und versuchte, die ihn umgebende Maske aus verschlungenen Ästen zu durchdringen.

»Was ist los?«, murmelte er und griff nach seiner Pistole.

De Albor schüttelte den Kopf und richtete sich auf. McGrath konnte den Stein in seiner Hand nicht sehen, den er in gebückter Haltung von der Erde aufgenommen hatte.

»Hören Sie etwas?«, fragte McGrath.

De Albor gab ihm ein Zeichen, sich nach vorne zu beugen, als wolle er ihm etwas ins Ohr flüstern.

McGrath beugte sich zu ihm hin – und da ahnte er schon die Absicht des verräterischen Afrikaners, aber es war zu spät. Der Stein in De Albors Hand krachte fest gegen seine Schläfe. McGrath ging zu Boden wie ein geschlachteter Ochse, und De Albor raste den Pfad hinunter und verschwand wie ein Geist in der Dunkelheit.

5. Die Stimme des Zemba

In der Dunkelheit des Waldweges regte sich McGrath endlich und taumelte mühsam auf die Füße. Der verzweifelte Schlag hätte den Schädel eines Mannes zertrümmern können, dessen Körperbau und Vitalität nicht dem eines Stiers entsprach. Sein Kopf pochte, und an seiner Schläfe klebte getrocknetes Blut; aber sein stärkstes Gefühl war der brennende Hohn auf sich selbst, weil er wieder einmal John de Albor zum Opfer gefallen war. Und doch, wer hätte diesen Schachzug vermutet? Er wusste, dass De Albor ihn töten würde, wenn er es könnte, aber er hatte vor der Rettung von Constance nicht mit einem Angriff gerechnet. Der Kerl war gefährlich und unberechenbar wie eine Kobra. War sein Flehen, Constance retten zu dürfen, nur eine List gewesen, um dem Tod durch McGraths Hand zu entgehen?

McGrath starrte benommen zu den Sternen, die durch die ebonischen Äste schimmerten, und seufzte erleichtert, als er sah, dass der Mond noch nicht aufgegangen war. Die Kiefernwälder waren so schwarz, wie es nur Kiefernwälder sein können, mit einer Dunkelheit, die fast greifbar war, wie eine Substanz, die man mit einem Messer schneiden konnte.

McGrath hatte Grund, für seine robuste Konstitution dankbar zu sein. Zweimal an diesem Tag hatte John De Albor ihn überlistet, und zweimal hatte das eiserne Gerüst des weißen Mannes den Angriff überlebt. Sein Gewehr war bereit, sein Messer in der Scheide. De Albor hatte sich nicht vergewissert, ob sein Schlag erfolgreiche gewesen war, hatte nicht innegehalten, um zu erwägen, einen zweiten Schlag zu führen. Ihm schien, dass ein Hauch von Panik in den Handlungen des Afrikaners zum Ausdruck gekommen war.

Nun, das änderte nichts an der Situation. Er glaubte, dass De Albor einen Versuch unternehmen würde, das Mädchen zu retten. Und McGrath hatte die Absicht, dabei zu sein, sei es, um eine einsame Hand zu spielen, sei es, um dem Mischling zu helfen. Es war nicht die Zeit, nachtragend zu sein, wenn das Leben des Mädchens auf dem Spiel stand. Er tappte den Pfad hinunter, angespornt durch ein aufsteigendes Glühen im Osten.

Er erreichte die Lichtung, bevor er sie überhaupt erkannte. Der Mond hing blutrot in den niedrigen Ästen, hoch genug, um sie und die Schar der Schwarzen zu beleuchten, die in einem großen Halbkreis um sie herum hockten und dem Mond zugewandt waren. Ihre rollenden Augen schimmerten milchig in den Schatten, ihre Gesichtszüge waren groteske Masken. Keiner sprach. Kein Kopf drehte sich zu den Büschen, hinter denen er kauerte.

Er hatte vage lodernde Feuer, einen blutbefleckten Altar, Trommeln und den Gesang wahnsinniger Anbeter erwartet; das wäre Voodoo gewesen. Aber das hier war kein Voodoo, und es gab eine große Kluft zwischen den beiden Kulten. Es gab keine Feuer, keine Altäre. Aber der Atem zischte durch seine verschlossenen Zähne. In einem fernen Land hatte er vergeblich nach den Ritualen von Zambebwei gesucht; jetzt sah er sie in einem Umkreis von vierzig Meilen um den Ort, an dem er geboren wurde.

In der Mitte der Lichtung erhob sich der Boden leicht zu einer flachen Ebene. Darauf stand ein schwerer, eisenbeschlagener Pfahl, der in Wirklichkeit nur der angespitzte Stamm einer großen Kiefer war, der tief in den Boden getrieben wurde. Und an diesen Pfahl war etwas Lebendiges gekettet – etwas, das McGrath in entsetztem Unglauben den Atem stocken ließ.

Er blickte auf einen Gott von Zambebwei. Man hatte sich Geschichten über solche Wesen erzählt, wilde Geschichten, die von den Grenzen des verbotenen Landes herüberwehten, von zitternden Eingeborenen an Dschungelfeuern wiederholt und weitergegeben wurden, bis sie die Ohren skeptischer weißer Händler erreichten. McGrath hatte den Geschichten nie wirklich geglaubt, obwohl er sich auf die Suche nach dem Wesen gemacht hatte, das sie beschrieben. Denn sie sprachen von einer Bestie, die eine Blasphemie gegen die Natur war – eine Bestie, die Nahrung suchte, die ihrer natürlichen Art fremd war.

Das Ding, das an den Pfahl gekettet war, war ein Affe, aber ein Affe, von dem die Welt nicht einmal in Albträumen träumte. Sein zotteliges graues Haar war mit Silber überzogen, das im aufgehenden Mond glänzte; es sah gigantisch aus, wie es schaurig auf seinen Hüften hockte. Aufrecht, auf seinen gekrümmten, knorrigen Beinen, wäre es so groß wie ein Mann gewesen, und viel breiter und dicker. Aber seine Greiffinger waren mit Krallen bewaffnet wie die eines Tigers – nicht die schweren, stumpfen Nägel des natürlichen Anthropoiden, sondern die grausamen, ähnlich gekrümmten Krallen des großen Fleischfressers. Sein Gesicht glich dem eines Gorillas, niedrigbraun, mit auffälligen Nasenlöchern und ohne Kinn; aber wenn es knurrte, runzelte sich seine breite flache Nase wie die einer großen Katze, und das höhlenartige Maul enthüllte säbelartige Reißzähne, die Reißzähne eines Raubtieres. Das war Zemba, die Kreatur, die dem Volk des Landes Zambebwei heilig war – eine Monstrosität, ein Verstoß gegen ein akzeptiertes Naturgesetz – ein fleischfressender Affe. Die Menschen hatten über die Geschichte gelacht, Jäger, Zoologen und Händler.

Aber jetzt wusste McGrath, dass solche Kreaturen im schwarzen Zambebwei wohnten und verehrt wurden, so wie der primitive Mensch dazu neigt, eine Obszönität oder Perversion der Natur zu verehren. Oder ein Überbleibsel vergangener Äonen: das war es, was die fleischfressenden Affen von Zambebwei waren – Überlebende einer vergessenen Epoche, Überbleibsel eines verschwundenen prähistorischen Zeitalters, als die Natur noch mit der Materie experimentierte und das Leben viele monströse Formen annahm.

Der Anblick der Monstrosität erfüllte McGrath mit Abscheu; sie war abgründig, eine Erinnerung an jene brutale und von Schrecken überschattete Vergangenheit, aus der die Menschheit vor Äonen so mühsam herausgekrochen war. Dieses Ding war ein Affront gegen die Vernunft; es gehörte in den Staub der Vergessenheit mit dem Dinosaurier, dem Mastodon und dem Säbelzahntiger.

Es sah gewaltig aus, jenseits der Statur moderner Bestien, geformt nach dem Plan einer anderen Zeit, als alle Dinge in eine mächtigere Form gegossen waren. Er fragte sich, ob der Revolver an seiner Hüfte irgendeine Wirkung auf das Wesen haben würde; er fragte sich, mit welchen dunklen und subtilen Mitteln John De Albor das Monster von Zambebwei in die Pinelands gebracht hatte.

Irgendetwas geschah auf der Lichtung, angekündigt durch das Zittern der Kette des Ungetüms, als es seinen Alptraumkopf nach vorne stieß.

Aus dem Schatten der Bäume kam eine Reihe schwarzer Männer und Frauen, jung, nackt bis auf einen Mantel aus Affenhäuten und Papageienfedern, den jeder über die Schultern geworfen hatte. Zweifellos weitere Insignien, die John De Albor mitgebracht hatte. Sie bildeten einen Halbkreis in sicherer Entfernung von der angeketteten Bestie, sanken auf die Knie und beugten ihre Köpfe vor ihm zu Boden. Dreimal wurde diese Bewegung wiederholt. Dann erhoben sie sich, bildeten zwei Reihen, Männer und Frauen einander zugewandt, und begannen zu tanzen; zumindest könnte man es höflicherweise als Tanz bezeichnen. Sie bewegten ihre Füße kaum, aber alle anderen Teile ihrer Körper waren in ständiger Bewegung, drehten, rotierten, wanden sich. Die gemessenen, rhythmischen Bewegungen hatten überhaupt nichts mit den Voodoo-Tänzen zu tun, die McGrath gesehen hatte. Dieser Tanz war beunruhigend archaisch in seiner Anmutung, wenn auch noch verdorbener und bestialischer – nackte primitive Leidenschaften, eingerahmt in eine zynische Ausschweifung der Bewegung.

Kein Laut kam von den Tänzern oder von den Verehrern, die um den Ring von Bäumen hockten. Aber der Affe, anscheinend wütend über die anhaltenden Bewegungen, hob seinen Kopf und schickte den schrecklichen Schrei in die Nacht, den McGrath schon einmal an diesem Tag gehört hatte – er hatte ihn in den Hügeln gehört, die das schwarze Zambebwei begrenzen. Die Bestie stürzte sich auf das Ende seiner schweren Kette, schäumte und knirschte mit den Reißzähnen, und die Tänzer flohen wie Gischt, die von einem Windstoß verweht wird. Sie zerstreuten sich in alle Richtungen – und dann fuhr McGrath in seinem Versteck auf und konnte einen Schrei kaum unterdrücken.

Aus den tiefen Schatten war eine Gestalt hervorgetreten, die im Kontrast zu den schwarzen Gestalten um sie herum gelblich schimmerte. Es war John De Albor, nackt bis auf einen Mantel aus hellen Federn und auf dem Kopf einen goldenen Kranz, der in Atlantis geschmiedet worden sein könnte. In seiner Hand trug er einen goldenen Stab, der das Zepter der Hohepriester von Zambebwei war.

Hinter ihm kam eine jämmerliche Gestalt, bei deren Anblick der mondbeschienene Wald vor McGraths Augen erzitterte.

Constance war betäubt worden. Ihr Gesicht war das einer Schlafwandlerin; sie schien sich der Gefahr nicht bewusst zu sein, auch nicht der Tatsache, dass sie nackt war. Sie ging wie ein Roboter, mechanisch auf den Drang der Schnur reagierend, die um ihren weißen Hals gebunden war. Das andere Ende dieser Schnur hatte John De Albor in der Hand, und er führte sie halb, halb zog er sie zu dem Schrecken, der in der Mitte der Lichtung hockte.

De Albors Gesicht war aschfahl im Mondlicht, das jetzt die Lichtung mit geschmolzenem Silber überflutete. Schweiß perlte auf seiner Haut. Seine Augen funkelten vor Angst und rücksichtsloser Entschlossenheit. Und in einem schwindelerregenden Augenblick wusste McGrath, dass der Mann versagt hatte, dass es ihm nicht gelungen war, Constance zu retten, und dass er nun, um sein eigenes Leben vor seinen misstrauischen Anhängern zu schützen, das Mädchen selbst zur blutigen Opferung schleppte.

Kein stimmlicher Laut kam von den Anbetern, aber zischende Atemzüge saugten durch dicke Lippen, und die Reihen der schwarzen Körper schwankten wie Schilf im Wind. Der große Affe sprang auf, sein Gesicht eine geifernde Teufelsmaske; er heulte mit furchtbarem Eifer und knirschte mit seinen großen Reißzähnen, die sich danach sehnten, in das weiche weiße Fleisch und das heiße Blut darunter zu versinken. Er wogte gegen seine Kette, und der dicke Pfosten bebte. McGrath, im

Gebüsch, stand wie erstarrt, gelähmt durch die Unmittelbarkeit des Grauens. Und dann trat John De Albor hinter das sich nicht wehrende Mädchen und gab ihr einen kräftigen Stoß, der sie nach vorne taumeln ließ, um kopfüber auf den Boden unter die Krallen des Monsters zu fallen.

Und gleichzeitig bewegte sich McGrath. Seine Bewegung war eher instinktiv als bewusst. Seine .45er sprang ihm in die Hand und sprach, und der große Affe schrie wie ein Todgeweihter und taumelte, wobei er sich die missgestalteten Hände an den Kopf schlug.

Einen Augenblick lang kauerte die Menge wie erstarrt, die weißen Augen geweitet, die Kiefer hingen schlaff herunter. Dann, bevor sich jemand rühren konnte, drehte sich der Affe, dem das Blut aus dem Kopf strömte, um, packte die Kette mit beiden Händen und zerriss sie mit einem Ruck, der die schweren Glieder auseinanderriss, als wären sie aus Papier gewesen.

John De Albor stand direkt vor der wahnsinnigen Bestie und war wie gelähmt. Zemba brüllte und sprang, und der Afrikaner ging unter ihm zu Boden, von den rasiermesserartigen Krallen ergriffen, und sein Kopf wurde von einem Schwung der großen Pranke zu einem purpurnen Brei zerquetscht.

Fauchend stürzte sich das Monster auf die Anbeter, kratzte und riss und schlug zu, schrie unerträglich. Zambebwei sprach, und in seinem Gebrüll lag der Tod. Schreiend, heulend, kämpfend, stürzten die Schwarzen in ihrer wahnsinnigen Flucht übereinander. Männer und Frauen gingen unter den scherenden Krallen zu Boden, wurden von den knirschenden Reißzähnen zerstückelt. Es war ein rotes Drama der primitiven Zerstörung, Aufruhr und blinde Wut, das Urtümliche verkörpert in Reißzähnen und Krallen, wahnsinnig geworden und sich ins Gemetzel stürzend. Blut und Hirn überschwemmten die Erde, schwarze Körper und Gliedmaßen und Leichenteile übersäten die mondbeschienene Lichtung in grässlichen Haufen, bevor die letzten der heulenden Unglücklichen zwischen den Bäumen Zuflucht fanden. Die Geräusche ihrer stolpernden, panischen Flucht wurde schwächer und ebbten ab.

McGrath war aus seinem Versteck gesprungen, kaum dass er geschossen hatte. Unbemerkt von den verängstigten Schwarzen und sich selbst kaum des Gemetzels bewusst, das um ihn herum tobte, rannte er über die Lichtung zu der bemitleidenswerten weißen Gestalt, die schlaff neben dem eisenbeschlagenen Pfahl lag.

»Constance!«, rief er und zog sie an seine Brust.

Sie öffnete träge ihre trüben Augen. Er hielt sie fest und achtete nicht auf die Schreie und die Verwüstung, die um sie herum wogten. Langsam wuchs das Erkennen in ihren lieblichen Augen.

»Bristol!«, murmelte sie zusammenhanglos. Dann schrie sie, klammerte sich an ihn und schluchzte hysterisch. »Bristol! Sie sagten mir, du seist tot! Die Schwarzen! Sie werden mich umbringen! Sie wollten auch De Albor töten, aber er versprach, sich zu opfern ...«

»Nicht, Mädchen, nicht!« Er unterdrückte ihr rasendes Zittern. »Es ist alles in Ordnung, jetzt-« Abrupt blickte er in das grinsende, blutverschmierte Gesicht von Albtraum und Tod. Der große Affe hatte aufgehört, seine toten Opfer zu zerfleischen und schlich auf das lebende Paar in der Mitte der Lichtung zu. Blut sickerte aus der Wunde in seinem schrägen Schädel, die ihn wahnsinnig gemacht hatte.

McGrath sprang darauf zu, schirmte das am Boden liegende Mädchen ab; seine Pistole sprühte Flammen und ergoss einen Strom von Blei in die mächtige Brust, als die Bestie angriff.

Sie kam näher, und McGraths Zuversicht schwand. Eine Kugel nach der anderen schickte er in den mächtigen Körper, aber er hielt ihn nicht auf. Er schleuderte dem Moloch die leere Pistole voll in das Gesicht, aber es blieb ohne Wirkung, und mit einem Schlag und einer Drehbewegung hatte es ihn in seinem Griff. Als sich die riesigen Arme erdrückend um ihn schlossen, gab er alle Hoffnung auf, aber er folgte seinem Kampfinstinkt bis zum Schluss und trieb seinen Dolch grifftief in den zotteligen Bauch.

Noch während er zustach, spürte er, wie ein Schauer durch den gigantischen Körper lief. Die großen Arme fielen herunter – und dann wurde er im letzten Todeskampf des Monsters zu Boden geschleudert, und das Wesen schwankte, sein Gesicht eine Totenmaske.

Schon fast tot auf den Beinen stürzte es zu Boden, zitterte und lag dann still. Nicht einmal ein menschenfressender Affe von Zambebwei konnte diese Nahkampfsalve aus Bleipilzen überleben.

Als McGrath sich aufrichtete, erhob sich Constance und taumelte in seine Arme und weinte hysterisch.

»Es ist jetzt alles gut, Constance«, keuchte er und drückte sie an sich. »Der Zemba ist tot; De Albor ist tot; Ballville ist tot; die Schwarzen sind fort. Es gibt nichts, was uns jetzt noch aufhalten könnte. Der Mond von Zambebwei war das Ende für sie. Aber für uns ist es der Anfang des Lebens.«

Robert E. Howard
Reißzähne aus Gold

Steve Harrison – Detektiv des Okkulten ist die Hauptfigur in mehreren Detektiv-Stories des amerikanischen Autors Robert E. Howard, die in den 30er Jahren in verschiedenen amerikanischen Pulp-Magazinen erschienen sind. Drei dieser Detektiv Stories werden in dem vorliegenden Buch in deutscher Übersetzung veröffentlicht. Die Titelgeschichte *Reißzähne aus Gold (Orignal: Fangs Of Gold)* wurde erstmals veröffentlicht in *Strange Detective Stories*, Februar 1934. Das Buchcover zeigt vorne auch das Cover der *Strange Detective-Stories*-Ausgabe vom Februar 1934. *Namen im Schwarzen Buch (Original: Names in an Black Book)* erschien in *Super-Detective-Stories*, Mai 1934. *Friedhofsratten (Original: Graveyard Rats)* wurde in der Zeitschrift *Thrilling Mystery* im Februar 1936 veröffentlicht.

Benu Krimi, 150 Seiten, Paperback
ISBN 978-3-934826-77-9

Abraham Merritt
Sieben Schritte zu Satan

James Kirkham, ein Forscher und Entdecker, hat das Gefühl, heimlich beobachtet zu werden. Eines Abends unternimmt er einen Spaziergang mit dem Ziel, seine unbekannten Gegner herauszufordern. Sein Plan gelingt, endet jedoch mit seiner Entführung in ein einsames Landhaus außerhalb New Yorks. Dort begegnet er einem teuflischen Verbrechensfürsten, der sich selbst Satan nennt und eine Anhängerschaft aus Politikern und reichen Geschäftsleuten um sich geschart hat. Sein schlossartiges Zuhause ist mit Geheimgängen, Luxussuiten und Folterkammern ausgestattet. Wer sich Satans Einfluss zu entziehen sucht, muss sich einem grausamen Spiel unterwerfen, bei dem er über eine Treppe mit sieben Fußabdrücken gehen muss, über die er in die Freiheit, in Satans Knechtschaft oder in den Tod gelangt. *Sieben Schritte zu Satan (Original: Seven Footprints to Satan)* ist ein spannender Thriller über den Pakt mit dem Teufel, der denjenigen, der sich auf ihn einlässt, die Seele kosten kann.

Benu Krimi, 280 Seiten, Paperback
ISBN 978-3-934826-78-6

John Buchan
Die neununddreißig Stufen

Am Vorabend des 1. Weltkriegs gerät Richard Hannay durch seinen Bekannten Franklin P. Scudder auf die Spur einer Verschwörergruppe, die ein Attentat auf ein ausländisches Staatsoberhaupt plant. Als Scudder mit einem Messer im Rücken tot aufgefunden wird, gerät Hannay unter Mordverdacht und als Mitwisser der Attentatspläne in das Visier der Verschwörer. Hanney gelingt es, aus London zu fliehen und mit einem Zug ins schottische Hochland zu entkommen. Doch sowohl die Polizei als auch Scudders Mörder sind ihm auf der Spur. Bei Letzteren hat es Hannay mit sehr gefährlichen Gegnern zu tun. Kurz vor seinem Tod hatte Scudder ihm noch einen Mann beschrieben, den er wie keinen anderen auf der Welt fürchtet, das Oberhaupt der Verschwörer, einen alten Mann, der daran zu erkennen sei, dass er ›seine Augenlider herabklappen könne wie ein Falke‹. - - John Buchans Spionagethriller aus dem Jahr 1915 ist ein zeitloser Klassiker der Kriminalliteratur.

Benu Krimi, 180 Seiten, Paperback
ISBN 978-3-934826-76-2

Printed in Poland
by Amazon Fulfillment
Poland Sp. z o.o., Wrocław